あしたあなたあいたい

成井豊＋隈部雅則
Yutaka Narui + Masanori Kumabe

論創社

あしたあなたあいたい

写真撮影
タカノリュウダイ（カバー）
伊東和則（本文）
ブックデザイン
ヒネのデザイン事務所＋森成燕三

目次

あしたあなたあいたい

THE PHOTOGRAPH OF TOMORROW

成井豊+隈部雅則

登場人物

布川輝良《ぬのかわあきら》（P・フレック開発二課研究員）
枢月圭《すうげつけい》（イラストレーター）
佳江（圭の母、アルト・ヴィーン店主）
香山（圭の婚約者、不動産屋）
伊勢崎（アルト・ヴィーンのアルバイト、私立探偵）
はるな（圭の妹、大学四年）
来美子（シック・ブーケのアルバイト）
住吉（豊引工務店社員）
拓美（香山の息子、アルト・ヴィーン店主）
磯子（アルト・ヴィーンのアルバイト）
吉本（P・フレック開発二課課長）
野方（P・フレック開発三課課長）

この作品は、梶尾真治『クロノス・ジョウンターの伝説』（朝日ソノラマ刊）所収の『布川輝良の軌跡』を脚色したものです

1

舞台の中央に、布川輝良が立っている。首にカメラをかけている。足元にリュックサックとバッグ二個が置いてある。

布川

圭ちゃん。この手紙を手にした時、君は何を感じただろう。驚き？　懐かしさ？　それとも、戸惑い？　布川輝良という名前を見て、すぐに僕の顔を思い出しただろうか？　僕らが朝日楼の前で別れた日から、もう三十五年も経ってしまった。君にとっては、遠い遠い過去。でも、僕にとっては、つい昨日のこと。君に会いたい。君がいいと言ってくれるなら、今すぐにでも会いに行きたい。でも、もし僕のことを忘れていたら……。三十五年前の出来事を、もう一度最初から振り返ろう。そうすれば、君はきっと思い出す。僕らが最後にかわした約束も。僕らが出会ったのは、二〇〇四年十二月二十三日午前八時。場所は、ロマンチックという言葉とは程遠い、鎌倉市内のごみ捨て場……。

他の登場人物たちがやってきて、布川の後ろにゴミ袋を置いていく。布川がリュックサックとバッグを持ち、ゴミ袋の真ん中に倒れる。そこへ、圭がやってくる。手にはゴミ袋。布川に気づき、歩み寄

る。ゴミ袋を置いて、

圭　大丈夫ですか？　気分でも悪いんですか？
布川　……ちょっと目眩がして。（と周囲を見回して）ここは？
圭　ゴミ捨て場ですよ。こんな所で寝てると、カラスに襲われますよ。
布川　それは大変だ。（と立ち上がるが、すぐによろめき、跪く）
圭　そのリュック、持ちましょうか？

圭が布川の手から、リュックサックを取る。と、他の登場人物がやってきて、リュックサックを持ち去る。

圭　嘘！
布川　どうしました？
圭　消えたんです。リュックが。
布川　え？

布川がバッグを地面に置いて、立ち上がる。と、他の登場人物たちがやってきて、バッグを持ち去る。

圭　信じられない。バッグまで……。

布川　（ハッと気づいて、パーソナル・ボグのボタンを押す）
圭　……どういうことですか？
布川　どういうことって？
圭　だから、あなたのバッグですよ。たった今までそこにあったのに……。あなたも見たでしょう？
布川　すみません。僕には何のことだか……。（とよろめく）
圭　（布川の体を支えて）すぐそこにバス停があります。そこのベンチに座りましょう。

他の登場人物たちがやってきて、舞台の奥にベンチを置き、ゴミ袋を持ち去る。圭が布川をベンチに座らせる。

圭　私、バッグを探してきましょうか？　あと、リュックも。
布川　いや、その必要はない。
圭　でも、ないと困るでしょう？
布川　いいんだ。このカメラさえあれば。僕はもう大丈夫です。ここで休んでいれば、そのうち歩けるようになると思う。
圭　病院へ行った方がいいんじゃないかな。それとも、私の家に来ますか？　すぐ近くなんですよ。
布川　いや、本当に大丈夫です。これ以上、あなたに迷惑はかけられない。

圭　そうですか。じゃ、私、行きますね。
布川　その前に、一つだけ聞いてもいいですか？
圭　何ですか？
布川　……今年は何年ですか？
圭　二〇〇四年ですけど。
布川　そうですか。ありがとうございました。

圭が歩き出す。が、すぐに立ち止まり、携帯電話を出して、ボタンを押す。別の場所に、香山が現れる。

香山　グーテン・モルゲン、圭ちゃん！
圭　……香山君。
香山　月刊四万十川の締切、昨日だったよね？　無事に書き上がった？
圭　まあ、何とか。ついさっき、メールで送ったところ。
香山　良かった。じゃ、今日の打合せは大丈夫だね？
圭　打合せ？
香山　僕らの披露宴の打合せだよ。まさか、忘れてたんじゃないだろうね？
圭　まさか。
香山　じゃ、待ち合わせの時間と場所は？
圭　ごめん、教えて。

香山　ねえ、圭ちゃん。仕事が忙しいのはわかるけど、結婚式は一生に一度なんだよ。もう少し真剣に考えてよ。

圭　わかった。反省するから、時間と場所を教えて。

香山　一時に馬車道ホテルのロビー。絶対に遅刻しないでね。

圭　はーい。（電話を切って、溜め息をつく）

香山が去る。圭がベンチに戻る。

圭　やっぱり、ここは寒いですよ。良かったら、家に来てください。熱いコーヒーをご馳走しますから。

布川　良かった。戻ってきてくれて。

圭　え？

布川　助けてもらったのに、名前を聞くのを忘れてた。僕は布川と言います。布川輝良。

圭　私は圭です。枢月圭。

布川　笑われるかもしれないけど、あの時、君は天使に見えた。ゴミ捨て場に倒れていた僕に、手を差し伸べてくれた君。そっけない態度を取ったのに、戻ってきてくれた君。圭ちゃん。あの時、僕はこう思ったんだ。僕はこの人が好きになる。きっと好きになる。

布川・圭が去る。

2

舞台の上手に、テーブルとソファーが置いてある。下手には、カウンターと椅子。壁には額に入った写真がいくつか飾ってある。奥は格子。その向こうに、大きな機械が置いてある。そこへ、布川がやってくる。

布川 事の起こりは、二〇〇八年十二月二十一日。その日まで、僕はP・フレックという会社に勤めていた。横浜にある小さな会社で、僕の所属は開発二課。入社以来、無遅刻無欠勤。自分で言うのもなんだけど、模範的な社員だったと思う。それなのに、突然、上司の吉本課長に呼び出された。僕が何をしたっていうんだ。そう思いながら、会議室のドアを開けると。

布川がソファーに歩み寄る。ソファーに、野方・吉本が座っている。

吉本 こちらは、開発三課の野方課長だ。僕の大学時代の先輩でね。だから、いまだに頭が上がらない。その野方さんが、君に聞きたいことがあるそうだ。

野方　布川君だね？　そこに座りたまえ。
布川　失礼します。（とソファーに座る）
野方　（ファイルを開いて）布川輝良、一九八〇年生まれ、二十八歳、独身。家族は？
布川　父は小学四年の時に亡くなりました。母は一年前に癌で。
野方　兄弟は？
布川　いません。
野方　ということは、一人暮らしか。食事はどうしてる。コンビニ弁当ばっかり食ってると、太るぞ。
布川　食事は自分で作ってます。
野方　無愛想な男だな。君は友達がいないだろう。
吉本　彼はまじめなんですよ。だから、普段から口数が少なくて。
野方　おまえには聞いてない。（布川に）で、いるのか、いないのか。
布川　確かに、友達って呼べるほど親しい人間はいないかもしれません。
野方　つまり、君はいつも独りぼっちなんだな？
布川　ええ。
野方　すばらしい。俺は君のような人間を探していたんだ。布川君、君はうちの課が開発している機械のことは聞いてるか。
布川　いいえ。噂では、水深一万メートルまで潜れる探査艇だとか。
野方　その噂は、俺が流したんだ。正式名称はクロノス・ジョウンター。物質を過去へ飛ばす機械だ。

吉本　野方さん、いきなりそんなことまで話しちゃっていいんですか?

野方　構わない。俺はもう布川君に決めた。

吉本　でも、候補者は他にもいます。誰を飛ばすかは、全員に会ってから、考えましょう。

布川　(野方に)その機械は人間も飛ばせるんですか?

野方　ほう。君はクロノスに興味があるのか?

布川　ええ。

野方　我々は既に三人の人間を過去へ飛ばした。最短で十分前。最長で二年前。その後、改良したから、今なら、四年前まで飛ばせる。

吉本　(布川に)ただし、クロノスには欠点がある。過去へ飛ばすことはできても、その時代に止まらせることはできないんだ。過去に到着した人間は、すぐに未来へ弾き飛ばされてしまう。それも、元の時代じゃなくて、遠い未来へ。

野方　(布川に)そこで、今回の実験だ。クロノスの欠点を補完するために、俺はパーソナル・ボグという装置を作った。この装置をつけていけば、最大で四日、およそ九十時間、過去に止まることができる。

布川　もし四年前へ行ったら、何年後に弾き飛ばされるんですか?

野方　三十五年後。つまり、今から三十一年後だ。

吉本　(布川に)そんな先の時代へ行ってみろ。君の知ってる人間は、みんな年寄りか、もしくはあの世だ。君は浦島太郎みたいに、独りぼっちになるんだぞ。

野方　いいじゃないか、元々、独りぼっちなんだから。（布川に）君を選んだ理由はそれだ。君には家族も友達もいない。君がいなくなっても、困る人間はいない。
布川　確かにそうですね。僕がいなくなっても、困る人間はいない。
吉本　布川君。
布川　（野方に）もう一度、確認させてください。四年前まで行けるってことは、二〇〇四年の十二月までってことですね？
野方　実験は明後日、行う。だから、十二月二十三日だ。
布川　わかりました。お引き受けします。
吉本　布川君、本気か？
布川　（野方に）そのかわりと言ってはなんですが、お願いがあります。僕が行く時間と場所を指定させてほしいんです。
野方　いつのどこへ行きたいんだ。
布川　二〇〇四年十二月二十三日の鎌倉市です。
野方　理由は？
布川　野方さんは、廣妻隆一郎という建築家を知ってますか？
野方　いや。有名なのか？
布川　全くの無名です。戦後の復興期に活躍した人で、彼の作品はもう一つも残ってません。最後の作品も、二〇〇四年に取り壊されたんで。
野方　それが鎌倉にあるのか？

布川　はい。朝日楼旅館というんですが、それを写真に撮ってきたいんです。

野方　いいだろう。じゃ、早速、実験の中身について説明しよう。うちの課に来てくれ。

布川　はい。

吉本　野方さん、ちょっと。

野方が布川を促す。布川が去る。

吉本　野方さん、僕は反対です。今の彼は冷静じゃない。お母さんを亡くしたショックから、まだ立ち直ってないんです。

野方　あいつ、マザコンだったのか？

吉本　違いますよ。十歳の時から、母一人子一人で暮らしてきて、お母さんが癌で倒れてからは彼一人で面倒を見てきて。そのお母さんが亡くなって以来、彼はあまり笑わなくなった。口数も少なくなった。

野方　しかし、仕事はキッチリやってるんだろう。

吉本　それはもちろん。

野方　だったら、何の問題もない。あの男には芯がある。必ずやり遂げてくれるはずだ。

布川がやってくる。首にカメラ、背中にリュックサック、両手にバッグ。

吉本　なんだ、その大荷物は？　夜逃げじゃないんだぞ。
布川　だって、必要な物は全部持っていかないと。
野方　高そうなカメラだな。ヨドバシか？
布川　違いますよ。ライカです。
野方　まあ、いい。見ろ。これがクロノスだ。

野方がテーブルの上のノート・パソコンのキーを叩く。格子が開いて、奥の機械が姿を現す。吉本が機械に歩み寄り、計器のチェックを始める。

布川　凄い。まるで、機関車だ。
野方　そして、これがパーソナル・ボグだ。手首に巻いてみてくれ。（と小型の装置を差し出す）
布川　腕時計みたいですね。（と受け取り、手首に巻く）
野方　向こうに着いたら、すぐにこのスイッチを押してくれ。エネルギーの残量は、このメモリーに表示される。黒い線が全部で十本。この線がすべて消えたら、君は未来へ弾き飛ばされる。
布川　わかりました。
野方　それから、もう一つ。向こうに着いたら、毎日、手紙を出してくれ。宛て先はうちの社長だ。手紙には、その日の君の状態をできるだけ詳しく書いてほしい。体の調子、過去の人間との接触、その他、感じたことは何でも。

布川　でも、その手紙は四年前の社長に届いてしまいますよ。

野方　ああ。だから、封筒の裏にこう書くんだ。「重要機密。二〇〇八年十二月二十三日まで、開封せずに社長室の金庫に保管せよ」

布川　二十三日まで？

野方　今日までだ。君を過去へ飛ばしたら、俺はすぐに社長室へ行く。そして、君の手紙を読む。そこには、実験の結果が書いてあるというわけだ。

布川　わかりました。必ず書きます。

吉本　野方さん、チェックが完了しました。

野方　オーケイ。さあ、いよいよ実験開始だ。布川君、セルの中に入ってくれ。

吉本　布川君、くれぐれも無理はするなよ。

布川　今日までいろいろありがとうございました。

布川がクロノス・ジョウンターの中に入る。

野方　吉本、データを読み上げろ。

吉本　目標時刻は、二〇〇八年十二月二十三日午前八時。目標地点は、朝日楼旅館の駐車場。

野方　よし、カウントダウンだ。

吉本　五、四、三、二、一。（とキーを叩く）

19　あしたあなたあいたい

クロノス・ジョウンターが眩しく光り、轟音を発し、煙を吹き出す。吉本がクロノス・ジョウンターに駆け寄り、セルの中を覗く。

野方 心配か、吉本？

吉本 いや、実験は必ず成功すると思います。問題はその後です。

野方 浦島太郎になるのも、そんなに悪いことじゃないぞ。今の若さを保ったままで、未来へ行けるんだから。

吉本 でも、乙姫様は竜宮城に残るんですよ。

野方 それはちょっと淋しいな。さあ、次は社長室だ。布川君の手紙を取りに行こう。

野方・吉本が去る。格子が閉じる。

3

佳枝・はるながテーブルと椅子を運んでくる。反対側から、伊勢崎がやってくる。

伊勢崎　おはようございます。
はるな　遅いぞ、伊勢崎。十五分の遅刻だ。
伊勢崎　無茶言わないでくださいよ。朝の七時に電話してきて、八時までに来いなんて。それでなくても、僕は朝は弱いのに。
はるな　文句があるなら、お母さんに言って。
佳江　（伊勢崎に）はい、お聞きしましょう。
伊勢崎　早起きって、ホント、気持ちいいですね。で、何から始めましょうか？
佳江　（布巾を押しつけて）これでテーブルを拭いて。顔が映るぐらいにピカピカにするのよ。
伊勢崎　了解しました。（とテーブルを拭き始めて）でも、どうして急に大掃除なんかするに気になったんですか？　大晦日まで、一週間もあるのに。
はるな　大事なお客様が来るんだって。
伊勢崎　大事なお客様って？

布川・圭がやってくる。圭は布川の体を支えている。

圭　ただいま。

伊勢崎　（布川を見て）圭さん、その人は？　ひょっとして、その人が大事なお客様ですか？

佳江　君は黙って、テーブルを拭いてなさい。圭、その人は誰？

圭　そこのゴミ捨て場に倒れてたの。開店時間まで、休ませてあげて。

布川　……ここが圭さんの家ですか？

圭　ええ。うちは喫茶店なんです。名前は、カフェ・アルト・ヴィーン。

布川　アルト・ビーン？

佳江　アルト・ヴィーン。古の都・ウィーンて意味よ。

圭　ヴィーンでもビーンでもいいじゃない。はるな、コーヒーを淹れてくれる？

はるな　オーケイ。

佳江　（布川に）ちょっと失礼。（と額に手を当てて）熱はないみたいね。

圭　お母さんは仕事をしてて。この人の面倒は私が見るから。

佳江　（布川に）そのカメラ、外して、横になった方がいいんじゃない？

布川　いや、これは……。

佳江　あら、これ、ライカじゃない。懐かしいわね。（とカメラをつかむ）

布川　やめてください！（と佳江の手を振り払う）

佳江　何よ。そんなに怒ることないでしょう？

布川　すみません。でも、これを人に貸すわけには行かないんです。

圭　ごめんなさい、布川さん。（佳江に）お願いだから、余計なことしないでよ。

佳江　私が何をしたって言うのよ。ちょっとカメラに触っただけじゃない。

はるながソファーにお盆を持っていく。お盆の上には、カップ二つと皿一つ。

はるな　はいはい、二人とも静かにして。（布川に）お待たせしました。アルト・ヴィーン特製のブレンド・コーヒーです。（とテーブルの上にお盆を置く）

布川　（皿を見て）これは？

はるな　チョコレート。ウィーンのカフェでコーヒーを頼むと、必ずこれがついてくるんですよ。

佳江　（布川に）うちの旦那は若い頃、商社に勤めてましてね。転勤でウィーンへ行かされて、その時、向こうのカフェがすっかり気に入っちゃって。で、脱サラして、この店を開いたんです。

布川　（コーヒーを飲んで）おいしい。

佳江　でしょう？　そのコーヒーも、うちの旦那が豆を選んだんです。もう十五年も前に亡くなったんですけどね。

圭　お父さんの話はもういいでしょう？（布川に）どうですか、気分は？

布川　このコーヒーのおかげで、生き返りました。

佳江　だったら、そろそろ教えてください。あなたは一体誰ですか？

布川　まだ名乗ってませんでしたっけ？　すみません。僕は布川輝良と言います。横浜にある、P・フレックという会社に勤めてます。

圭　（佳江を示して）母の佳江と妹のはるなです。で、あっちにいるのが――

伊勢崎　（布川に右手を差し出して）私立探偵の伊勢崎です。怪盗黒蜥蜴に狙われたら、いつでも呼んでください。

布川　（伊勢崎の右手を握って）探偵さんが、どうして喫茶店に？

はるな　事務所が向かいのビルにあるんですよ。でも、仕事がないから、家賃が払えなくて。で、うちでバイトしてるってわけです。

圭　（布川に）うちだって、経営は楽じゃないんですけどね。

布川　どうしてですか？

圭　周りにお洒落なお店が増えてきちゃって。うちは建物も古いし、だからって、改装する資金もないし。お父さんが残してくれた物だから、今日まで必死で守ってきたけど、もう限界なんです。

佳江　あんたに言われたくないわね。店の仕事も手伝わないで、好き勝手なことをしてるくせに。

来美子がやってくる。手にはポインセチアの鉢。

来美子　おはようございます。お花の交換に来ました。

佳江　ご苦労さま。伊勢崎君、手伝ってあげて。

伊勢崎　はいはい、ただいま。（と鉢を受け取り、テーブルの上に置く）

佳江　（来美子に）どう？　仕事には慣れた？

来美子　ええ。圭ちゃんがいろいろ面倒を見てくれたんで。

圭　来美子さん、一週間も休んじゃって、ごめんね。

来美子　仕方ないよ。圭ちゃんの本業はイラストレーターなんだから。

佳江　あら、イラストレーターっていうのは、イラストだけで食べていける人のことよ。この子はまだ卵。孵化するかどうかは、これからの努力次第。

圭　私はちゃんと努力してます。昨夜だって、徹夜で五枚も書き上げたし。

佳江　仕事なんだもの。締切を守るのは当然よ。

来美子　私は、圭ちゃんには才能があると思いますよ。あ、そうそう。（圭に）店長から伝言。「圭ちゃん、助けて。一日でも早く復帰して」

圭　じゃ、私からも伝言。「お待たせしました。明日から復帰します」

来美子　伝言、確かに受け取りました。（佳江に）じゃ、失礼します。

来美子が去る。布川が、壁に飾ってある写真を眺めている。

はるな　どうですか、その写真？

布川　なかなかいいですね。誰の作品ですか？

はるな　うちの父です。
布川　これもお父さんが？　僕はてっきりプロの作品かと思いました。光と影のコントラストが実に見事で。ひょっとして、ライカですか？
佳江　そうよ。うちの旦那もライカを愛用してたの。
伊勢崎　（布川に）ライカって、一番安いのでも、二十万はしますよね？　一介のサラリーマンであるあなたが、どうしてそんな高いカメラを？
布川　これが僕の唯一の趣味なんです。一人で旅行して、風景を撮るのが好きで。今日は、朝日楼旅館て建物を撮りに来たんですが。
伊勢崎　朝日楼？　そんな名前、聞いたことないな。
圭　（布川に）私、知ってますよ。
布川　本当ですか？
圭　ちょっと代わった形をした建物ですよね？　私が通ってた小学校がすぐ近くだったんで、よく前を通りました。
はるな　ああ、あれ。（布川に）でも、あんな変な物をどうして？
布川　朝日楼は十二月二十五日、つまり、明後日、解体されてしまうんです。その前に、ぜひとも写真に撮りたくて。
伊勢崎　有名な建物なんですか？
布川　いいえ。でも、僕は朝日楼を設計した人が好きなんです。廣妻隆一郎って人なんですが。圭さん、もし良かったら、案内してもらえませんか？

圭　別に構いませんけど、体の具合は？

布川　おいしいコーヒーのおかげで、かなり楽になりました。あ、出かける前に、ペンを貸してください。手紙が書きたいんです。

圭　わかりました。こちらへどうぞ。

布川・圭が去る。

伊勢崎　怪しいですね、あいつ。

はるな　怪しいって？

伊勢崎　ここに来た時は、かなり具合が悪そうだったのに、コーヒーを一杯飲んだだけで、すっかり元気になった。

佳江　それは、うちのコーヒーがおいしかったからでしょう？

伊勢崎　いや、僕の推理によれば、あいつは仮病を使ってたんです。

はるな　何のために？

伊勢崎　わかりませんか？　あいつは今、圭さんを旅館に誘った。その手にはライカ。やっぱり、あいつはサラリーマンじゃない。本当はプロのカメラマンなんだ。しかも、ヌード・グラビア専門の。

佳江　さあさあ、二人とも、掃除の続きを始めて。

伊勢崎　僕の推理を信じないんですか？　いいでしょう。僕がこの手で、証明してみせますよ。

伊勢崎が去る。

はるな　こら、伊勢崎！　仕事をサボるな！

佳江　仕方ない。二人でやろう。急がないと、お客様が来ちゃうのよ。

はるな　ねえ、お客様って、誰？　芸能人？

佳江　全然違う。アルト・ヴィーンの未来を決める人よ。

佳江・はるなが去る。

4

布川・圭がやってくる。布川は封筒を持っている。

圭　布川さん、廣妻隆一郎って、どんな人なんですか？

布川　僕もよくは知らないんです。五十年以上も前の人で、僕が生まれる前に亡くなってるんで。

圭　そんな人が、どうして好きになったんですか？

布川　僕の通っていた小学校の講堂が、彼の作品だったんです。それが実に斬新なデザインで。建物全体が丸くて、屋根から鉄の棒が何本も突き出してて。遠くから見ると、まるでサボテンみたいなんです。

圭　それには、何か意味があったんですか？

布川　その頃はよくわからなかったんだけど、大学一年の時、図書館で彼の写真集を見つけたんです。その中身が驚きの連続で。クジラ、カブトムシ、キノコ、タンポポ。要するに彼は、自分が作る建物で、動物や植物を表現しようとしてたんです。

圭　（笑う）

布川　……僕、何か、おかしなことを言いましたか？

圭　ごめんなさい。だって、まるで子供みたいだから。
布川　もうすぐ朝日楼が見られると思うと、何だか興奮しちゃって。何しろ、現存する最後の作品ですからね。
圭　他の作品はもう一つも残ってないんですか？
布川　みんな老朽化して、取り壊されたんです。僕は四年前に朝日楼のことを知ったんですが、その時は母が入院中で見に来られなかった。それがずっと心残りだったんです。
圭　だったら、お母さんが退院して後、見に来れば良かったのに。
布川　いや、母が退院した時には、朝日楼はもう……。
圭　もう？
布川　あ、ポストだ。手紙を入れないと。

野方・吉本がやってくる。布川が野方に手紙を渡す。布川・圭が去る。

野方　布川君の手紙だ。どうやら、実験は成功したようだな。
吉本　それは、中身を読んでみないと、わかりませんよ。
野方　よし、聞け。（と封筒の中から便箋を出して）「前略、野方耕市様。僕は無事に目標時刻に到着しました」。ほら、見ろ。
吉本　まずは一安心ですね。
野方　「しかし、目標地点からはかなりズレました。目が覚めてみると、そこは朝日楼の駐車場

吉本　ではなくて、朝日楼から一キロも離れたゴミ捨て場でした」

野方　ゴミ捨て場？　なぜそんな所に？

吉本　決まってるだろう。おまえがデータの入力を間違えたんだ。

野方　僕は指示通りに入力しましたよ。それより、クロノスが故障してたんじゃないんですか？

吉本　最終チェックをしたのも、おまえじゃないか。吉本、おまえのせいで、布川君は粗大ゴミになったんだぞ。

野方　でも、清掃車には回収されずに済んだんですよね？

吉本　「そこへ、枢月圭という女性が通りかかって、僕を起こしてくれました。僕は直ちに、パーソナル・ボグのスイッチを押しました。が、気分が悪くて、一人では歩くこともできない。圭さんは心配して、僕を家まで連れていってくれました」。おいおい、布川のヤツ、もう乙姫様に出会ってるぞ。

それで、運を使い果たさなければいいんですが。

テーブルの上の電話が鳴る。野方が受話器を取る。

野方　はい、野方です。……わかりました。すぐに行きます。（と受話器を置く）

吉本　誰ですか？

野方　社長だ。クロノスの開発計画について、話があるってさ。

吉本　でも、重役会議は年明けのはずですよ。

野方　とにかく、行ってくる。おまえは続きを読んでおいてくれ。

野方が去る。吉本が別の方向へ去る。布川・圭がやってくる。

圭　あれ？　確か、この辺りだったと思ったんだけど。
布川　その囲いは？
圭　工事中みたいですね。新しいビルでも建てるんじゃないですか？
布川　どこかに看板はありませんか？　工事の内容が書いてあるやつ。
圭　ここにあります。（と看板を読む）「朝日ビジネスホテル建築工事」？
布川　じゃ、やっぱり、ここが？
圭　でも、解体工事は二十五日でしょう？
布川　そうか。実際に工事するのは二十五日でも、当然、準備は前から始める。足場を組んで、シートを張って。なんてことだ。これじゃ、何も見えないじゃないか。
圭　どうしますか？
布川　とりあえず、工事してる人に頼んでみます。シートを外してくれって。
圭　いきなりそんなことを言って、相手にしてもらえるかな。
布川　じゃ、他にどんな方法があるんです。
圭　もっと上の方の人に頼んでみたら？　たとえば、工事の責任者とか。ほら、ここに電話番号が書いてありますよ。（と携帯電話を取り出し、看板を読みながら、ボタンを押す）

別の場所に，住吉が現れる。受話器を持っている。

住吉　はい、豊引工務店ですが。
圭　突然、お電話して、申し訳ありません。朝日楼旅館について、お聞きしたいことがあるんですが、責任者の方はいらっしゃいますか？
住吉　解体工事の責任者は私ですが。
圭　ちょうど良かった。実は、私の知り合いに、朝日楼に大変興味を持ってる人がいるんです。その人が、一目でいいから、朝日楼が見たいって言ってて。ほんの一時間で結構です。シートを外して、建物を見せてやってくれませんか？
住吉　今からですか？　いや、それは無理ですよ。
圭　でも、解体工事は二十五日でしょう？　まだ二日もあるじゃないですか。
住吉　ちょっと待ってください。なぜそれを知ってるんですか？
圭　それって？
住吉　最初の予定では、工事は年明けに行うことになってたんです。ところが、発注先の都合で、二十五日に変更になった。変更が決まったのは、今からほんの五分前。だから、このことは社長と私しか知らないはずなんだ。
圭　（受話器を下ろして）それなら、どうして布川さんは知ってたの？
住吉　あなたは一体誰なんですか？　もしもし？　もしもし？

圭が携帯電話のボタンを押す。住吉が去る。

圭　やっぱり、シートを外すのは難しいみたいです。
布川　クソー。あと一週間、いや、あと三日、早く来ていれば……。
圭　布川さん、一つ聞いていいですか？
布川　何ですか？
圭　あなたは私に言いましたよね？　解体工事は二十五日だって。家を出る前、今から三十分近く前です。でも、豊引工務店の人は五分前に決まったばかりだって。

布川　本当ですか？
圭　どうしてあなたは知ってたんですか？　あなたには未来がわかるんですか？
布川　圭さん、その話はまた後で。
圭　教えてください。あなたは一体誰なんですか？
布川　わかりました。本当のことを言います。でも、信じられませんよ、きっと。
圭　信じます。あなたが正直に話してくれるなら。
布川　……僕は、四年後の世界から来たんです。二〇〇八年から。
圭　私のこと、バカにしてるんですか？
布川　バカになんかしてませんよ。僕は、物質を過去へ飛ばす機械で、ここに来たんです。名前は、クロノス・ジョウンター。でも、この機械には、物質を過去に止まらせる力がない。

35　あしたあなたあいたい

圭　だから、一定の時間が過ぎると、未来へ弾き飛ばされてしまう。
布川　それじゃ、あなたのバッグが消えたのは……。
圭　未来へ弾き飛ばされたんです。僕が手を放したから。
布川　でも、それなら、どうしてあなたは消えないんですか？
圭　それは、この装置のおかげです。（と手首を示して）名前は、パーソナル・ボグ。この装置が作動している間は、僕はこの時代にいられるんです。どうです？　信じてもらえましたか？
布川　悪いけど、無理です。だって、何だか、マンガかアニメみたいで。
圭　その気持ち、わかります。でも、これで気が楽になりました。あなたには、嘘をつきたくなかったから。
布川　どうしてですか？
圭　あなたが起こしてくれなかったら、僕はこの装置のスイッチを押せなかった。あのまま、未来へ弾き飛ばされていた。あなたは僕の恩人なんです。
布川　この時代に来たのは、朝日楼を見るためですか？
圭　ええ。でも、どうやら無駄足だったようです。
布川　せっかく来たのに、もう諦めるんですか？　朝日楼のこと、ずっと見たかったんじゃないんですか？
圭　それはそうですけど。
布川　この時代には、いつまでいられるんですか？

布川　明々後日まで。僕はあと三日と半日で、未来へ弾き飛ばされる。
圭　だったら、もう少し努力してみましょう。私もお手伝いしますから。
布川　ありがとう、圭さん。でも、どうして手伝いを？　あなたも朝日楼が見たくなったんですか？
圭　それもあるけど、あなたともう少し一緒にいたくなったんです。いけませんか？
布川　いや、うれしいです。とっても。

布川・圭が去る。

5

佳江・はるながやってくる。反対側から、香山がやってくる。

香山　こんばんは。圭ちゃんはいますか？

佳江　あら、香山君。圭ならまだ帰ってきてないけど、どうかしたの？

香山　今日は一時から披露宴の打合せだったんです。それなのに、圭ちゃんが来なくて。

佳江　携帯にはかけてみた？

香山　ええ。でも、何回かけても、つながらなくて。（と腕時計を見て）もう六時か。事故にでも遭ったんじゃないだろうな。

はるな　もしかして、布川さんとどこかへ出かけたのかな？

佳江　香山君との約束をすっぽかして？

はるな　だって、お姉ちゃん、ちょっと変だったじゃない。布川さんのこと、一生懸命、介抱して。

香山　あの、布川さんて、誰ですか？

布川・圭がやってくる。

圭　ただいま。

はるな　（佳江に）ほら、やっぱり。

香山　圭ちゃん、その人は誰？　もしかして、布川さん？

圭　はるなに聞いたの？

香山　そんなことはどうでもいい。君は今まで、その人と一緒にいたの？　僕との約束をすっぽかして。

布川　失礼ですけど、あなたは？

香山　来月、圭ちゃんと結婚する、香山耕二です。

布川　（圭に）ということは、婚約者？

圭　そうです。香山君、今日のことは謝る。でも、急に用事ができちゃって。

香山　それは、僕らの結婚式の準備より、大切な用事？

圭　怒る前に、話を聞いて。私、今朝まで、結婚するってことの意味がよくわかってなかった。香山君が望んでくれるなら、それでいいと思ってた。でも、やっぱり違うってわかったの。

香山　それって、どういうこと？

圭　私、香山君との結婚は止める。ごめんなさい。

香山　（布川に）おまえだな？　おまえが圭ちゃんをたぶらかしたんだな？

布川　待ってください。僕には何のことだか……。

香山　黙れ！　表に出ろ！

香山が布川を引っ張って、出ていく。

圭　香山君、乱暴はやめて！（と追おうとする）
佳江　（圭の腕をつかんで）待ちなさい、圭。
圭　放してよ。
佳江　何が、結婚は止めるよ。そんな勝手なこと、許されるわけないでしょう？
圭　どうして？　これは私と香山君の問題でしょう？（と佳江の手を振り払う）
佳江　違うわ。今、止めたら、いろんな人に迷惑がかかる。仲人さんとか、香山君のご両親とか。
圭　そうか。お母さんはそれが心配なのね？
佳江　それって？
圭　香山君のお父さんを怒らせたくないんでしょう？　借金を返せって言われるから。
佳江　バカなことを言うんじゃないの。
圭　ごまかすのはやめて。お母さんは私より、アルト・ヴィーンの方が心配なんでしょう？
お父さんが残した、大切な形見だから。
はるな　お姉ちゃん、それは違うよ。
圭　あんたは口出ししないで。
はるな　お母さんは、アルト・ヴィーンのことなんか考えてない。だって、もう売ることになったんだから。

圭　売るって？

はるな　昼間、ここを買いたいって人が来たの。その人、すっかり気に入っちゃって、ぜひ売ってくれ、お金はいくらでも出すって。

圭　（佳江に）どうして黙ってたの？

佳江　売れって言ったのはあなたでしょう？

圭　バカ！　勝手なのはお母さんの方じゃない！

圭が走り去る。反対側へ、佳江・はるなが去る。香山が布川を引っ張って、やってくる。

布川　お願いですから、僕の話を聞いてください。

香山　言い訳はやめろ。おまえは圭ちゃんをたぶらかした。だから、いきなり婚約破棄なんて言い出したんだ。

香山が布川に殴りかかる。布川が避ける。香山がさらに殴りかかる。香山の手がカメラに当たる。香山が手を押さえる。布川はカメラの無事を確かめる。香山が布川に蹴りかかる。布川が避ける。香山が布川をつかむ。布川が振り払う。香山が布川を殴る。布川が跪く。そこへ、圭が走ってくる。

圭　布川さん、大丈夫ですか？

香山　やっぱり、圭ちゃんはそいつが好きなんだね？

圭　そうよ。私はこの人が好きなの。この人は、人前で大声を出したりしない。暴力を振るったりもしない。あなたと違って。
布川　香山さんは暴力なんか振るってないよ。
圭　嘘よ。今、あなたの顔を叩いたじゃない。
布川　それは君の見間違いだ。僕はこう見えても、ボクシングが得意でね。だから、間一髪のところで避けた。
圭　どうしてこの人を庇うの？
布川　僕は本当のことを言っただけだ。圭ちゃん、君は家に戻っててくれないか？　僕は香山さんと話があるんだ。
圭　話って？
布川　男同士の話だよ。だから、君に聞かせるわけには行かない。
圭　わかった。じゃ、私は戻ります。（香山に）布川さんに変なことしたら、許さないからね。

圭が去る。

布川　いいですか、香山さん。あなたはひどい誤解をしてるんです。
香山　その前に、教えてください。どうして圭ちゃんに嘘をついたんですか？　僕はあなたを殴ったのに。
布川　殴ってません。あなたみたいな素人に、僕のガードは破れない。

香山　でも、確かにこの辺りに。（と布川の頬を触る）
布川　痛い！
香山　やっぱり、当たってたんじゃないですか。布川さん、今度はあなたが殴ってください。
布川　どうしてですか？
香山　あなたに借りは作りたくないんです。さあ。（と頬を突き出す）
布川　僕には人は殴れませんよ。かわりに、一つ、頼み事をしていいですか？
香山　頼み事って？
布川　香山さんは、朝日楼って旅館を知ってますか？
香山　あの、へんてこりんな建物ですか？
布川　僕が鎌倉に来たのは、朝日楼を見るためなんです。でも、今朝行ってみたら、解体工事が始まっていた。建物の周りにはシートがかかってて、見ることはできなかった。だから、何とか見られるようにしてほしい。

香山　そういうことですか？
布川　無理ですよね、そんなこと。忘れてください。
香山　いや、何とかなるかもしれませんよ。
布川　本当ですか？
香山　あまり期待されても困るけど、とりあえず、心当たりを探ってみます。うまく行ったら、それで貸し借りはナシだ。改めて、勝負しましょう。

布川　やめましょうよ、勝負なんて。いいですか、香山さん。僕は朝日楼を見たら、すぐに帰るんです。ここには二度と来ません。

香山　え？　じゃ、圭ちゃんとは？
布川　二度と会いません。会いには来られないんです。
香山　ということは、僕にはまだチャンスが残ってるんですか？　もう一度、圭ちゃんにアタックしてもいいんですか？
布川　それはあなたの自由です。
香山　（布川の手を握って）ありがとう。あなたはいい人だ。
布川　あなたこそ。

香山が去る。布川が棚からスケッチブックを取り出し、開く。

布川　その夜、僕は圭ちゃんの家に泊まった。本当はホテルへ行きたかったけど、それは不可能。僕が持ってきたお金は、相手に渡した瞬間に消えてしまう。そのことを圭ちゃんに話したら、私の家に泊まってくださいと言ってくれた。お母さんはあまりいい顔をしなかったけど。

圭がやってくる。手には、カップを載せたお盆。

圭　お待ち遠さま。あ、そんなもの、見てる。
布川　ごめん。圭ちゃんがどんな絵を描くか、知りたくて。

圭　返してください。
布川　はい。（とスケッチブックを渡して）でも、もう全部見ちゃったよ。凄く良かった。
圭　あの後、香山君とどんな話をしたの？
布川　朝日楼の話だよ。何とか見られるようにしてほしいって言ったら、心当たりを探してくれるって。
圭　本当？　でも、彼なら可能性はあるかも。
布川　香山君て、どんな人なの？
圭　うちの向かいにビルがあるでしょう？　あれ、香山君のお父さんがオーナーなの。他にもいっぱいビルを持ってて、鎌倉でも有数の資産家。
布川　結婚、急に止めちゃって、大丈夫なの？
圭　布川さんは気にしないでください。これは私の問題なんだから。
布川　でも、僕にも責任があるんじゃないかな。僕がここに来なければ、止めるなんて言い出さなかっただろう？
圭　ええ。一番悪いのは布川さんです。布川さんが私の前に現れなければ、香山君ともお母さんとも喧嘩せずに済んだのに。
布川　ごめん……。
圭　罰として、絵を描かせてください。布川さんの肖像画を。
布川　僕の？
圭　記念にしたいの。私たちが出会った記念に。

布川　わかった。でも、モデルって、どうすればいいの？　やっぱり、動いちゃいけないんだろう？

圭　少しぐらいなら、大丈夫よ。コーヒーでも飲みながら、リラックスしてて。

布川　オーケイ。（とコーヒーを飲む）うわっ！

圭　まずかったですか？

布川　ちょっと濃い。いや、かなり濃い。

圭　ごめんなさい！　私、コーヒーって、まともに淹れたことないんです。

布川　喫茶店で育ったのに？

圭　いつも、妹が淹れてくれるから。今、お水を持ってきますね。

圭が去る。

6

佳江・はるなが布川に封筒・便箋・ペンを渡す。布川がソファーに座って、手紙を書き始める。反対側から、伊勢崎がやってくる。

伊勢崎　おはようございます。
佳江　伊勢崎君、ちょっと話があるのよ。こっちに来て。
伊勢崎　はいはい、ただいま。（と布川を見て）布川さん！　あなた、今日も来たんですか？
布川　ええ、まあ。
伊勢崎　失礼ですけど、昨日は何時頃、横浜へ帰ったんですか？
布川　実は、帰らなかったんです。昨夜は、圭さんの部屋に泊めてもらったんで。
伊勢崎　何ですって？　あなたって人は、初対面だというのに、なんて破廉恥なことを。いや、でも、若い男女が同じ部屋で寝て、何事も起きないのも不自然な気がするし。でも、それって、羨ましいというか、何というか。
はるな　（伊勢崎の頭を叩いて）お姉ちゃんは私の部屋で寝たの！
伊勢崎　そりゃ、そうですよね。

はるなが伊勢崎をカウンターへ引っ張っていく。

はるな 昨日はあの後、どこへ行ったの？

伊勢崎 横浜です。丸一日かけて、あいつの素性を洗ってきました。（と手帳を開いて）布川輝良、一九八〇年生まれ、二十四歳、独身。十四年前に父親を事故で亡くし、現在は母親と二人暮らし。ただし、母親は病気のため、先月から横浜大学付属病院に入院中。

はるな で、肝心の職業は？

伊勢崎 サラリーマンでした。勤務先は、株式会社Ｐ・フレック。

はるな つまり、あんたの推理は大ハズレだったわけだ。

伊勢崎 でも、その後、とんでもないことが起こったんです。一応、念のためにと思って、Ｐ・フレックへ行ってみたら、そこにあいつがいたんです。

はるな あいつって？

伊勢崎 だから、布川輝良ですよ。

佳江 おかしいわね。布川さんは、昨日は丸一日、鎌倉にいたはずよ。朝日楼を経営してる会社とか、解体工事を請け負った会社とか、あちこち駆けずり回ってたのよ。圭と二人で。

はるな （伊勢崎に）他の人と見間違えたんじゃないの？

伊勢崎 それはありえません。僕はあいつと話をしたんですから。（とポラロイド写真を取り出して）ほら、これがその時の写真です。

佳江　確かに、よく似てるわね。
はるな　というか、どこからどう見ても、本人よ。
伊勢崎　でも、こいつは僕のことを覚えてなかった。「今朝、鎌倉で会ったでしょう」って言ったら、「鎌倉へは、もう十年以上行ってません」て。
佳江　朝日楼のことは？
伊勢崎　全く知りませんでした。「廣妻隆一郎の作品です」って言ったら、「驚いたな。彼の作品がまだ残ってたんですか」って。さあ、ここで問題です。僕が昨日、横浜で会った男と、今、鎌倉でボーっとしている男。この二人は一体どういう関係でしょう？
はるな　同一人物よ。あんたはからかわれたの。
佳江　私は、幼い頃に生き別れになった、双子の兄弟だと思う。
はるな　お母さん、サスペンスドラマの見すぎ。
伊勢崎　じゃ、僕の推理を言いましょう。二人は間違いなく、同一人物です。が、鎌倉のあいつが知ってることを、横浜のあいつは知らない。そこから導き出される答えは。
はるな　答えは？
伊勢崎　タイムトラベルです！　あいつは未来からやってきたんです！
はるな　バカじゃないの。
佳江　伊勢崎君、さっき、話があるって言ったよね？　実はこの店、今月いっぱいでおしまいにすることにしたの。他の人に売るのよ。
伊勢崎　え？　じゃ、僕は？

佳江　クビ。来月からは、本業の探偵で頑張ってね。

圭がやってくる。手にはスケッチブック。

圭　おはよう。布川さん、書き上がりましたか？
布川　うん、たった今。圭ちゃんは？
圭　私の方も完成です。ほら。（とスケッチブックを渡す）
はるな　（覗き込んで）うわー、実物より、ずっとカッコいい。
圭　無理やり描かせてもらったからね。ちょっとサービスしちゃった。
布川　ありがとう。（とスケッチブックを返して）じゃ、僕は手紙を出してくるよ。
圭　その後は？
布川　もう一度、豊引工務店へ行ってみる。会社の前で、社長を待ち伏せして、直訴してみようかと思って。
圭　私も行く。
佳江　圭。今日はシック・ブーケへ行くんじゃないの？
圭　もう一日だけ、休ませてもらう。
佳江　昨日、来美子さんになんて言ったの？　今日から復帰するって、約束したでしょう？
圭　電話して、ちゃんと謝るから、大丈夫。
佳江　ねえ、圭。あなた、一体、どうしちゃったの？　いきなり結婚を止めるって言い出したり、

圭　アルバイトをサボろうとしたり。（布川を示して）その人が来てから、あなた、ちょっと変よ。

佳江　悪いとは思ってる。でも、今は布川さんと一緒にいたいの。

圭　だから、他の人に迷惑がかかっても構わないって言うの？　自分さえ良ければ、それでいいの？

布川　私には時間がないのよ。布川さん、行こう。

圭　圭ちゃん、ごめん。

布川　……どうして謝るの？

圭　お母さんの言う通りだよ。他の人に迷惑をかけるのは良くない。豊引工務店へは、僕一人で行くから。

布川　私も一緒に行きたいの。

圭　君の気持ちはうれしい。でも、僕はあと三日しか、ここにいられない。これ以上、僕と関わらない方がいいんだ。

布川　それって、どういうこと？

圭　……ごめん。

はるな　（入口に向かって、走り出す）

圭　お姉ちゃん、どこへ行くの？

　　シック・ブーケ！

圭が去る。

伊勢崎　今のはどういう意味ですか？　あと三日しかいられないっていうのは？

布川　僕は明後日の朝、帰るんです。ここには二度と来ません。

はるな　お姉ちゃんにも会わないってことですか？

布川　ええ、二度と。

佳江　だったら、今すぐ出ていってください。これ以上、圭と関わらないでください。

布川　わかりました。いろいろご迷惑をかけて、申し訳ありませんでした。

布川が歩き出す。吉本がやってくる。布川が吉本に手紙を渡す。布川が去る。後を追って、はるなが去る。反対側に、佳江・伊勢崎が去る。吉本がソファーに座って、手紙を読み始める。電話が鳴る。吉本が受話器を取る。

吉本　はい、吉本です。……いや、野方さんは社長室に行ってるけど。……来客？　じゃ、こっちに通してくれ。

吉本が受話器を置く。野方がやってくる。

吉本　大変ですよ、野方さん。布川君はクロノスのことを枢月さんに話したそうです。自分は四

野方　年後の未来から来たんだって、バラしちゃったんですよ。下手をすると、過去に重大な影響が出るかもしれません。

吉本　そんなことはもう気にしなくていい。クロノスの開発は中止だ。

野方　何ですって？

吉本　親会社からの命令だそうだ。物質を過去へ飛ばすことしかできない機械に、商品としての価値はないとさ。

野方　でも、開発計画の見直しは、年明けの重役会議でやるはずだったのに。

吉本　それまでに成果を挙げれば、何とかなると思ったんだがな。開発は本日をもって中止。クロノスは横須賀倉庫に移送だ。

野方　でも、布川君は？　布川君はどうなるんですか？

来美子がやってくる。

来美子　失礼します。野方さんはこちらにいらっしゃいますか？

野方　野方は私ですが、あなたは？

来美子　蕗来美子と言います。クロノス・ジョウンターのことで、お願いしたいことがあって。

吉本　今、取り込み中なんですよ。外で待っててもらえませんか。

野方　待て、吉本。（来美子に）あなたは今、クロノス・ジョウンターって言いましたよね？誰からその名前を聞いたんですか？

来美子　吹原《すいはら》和彦《かずひこ》さんです。
野方　あなたは吹原の知り合いなんですか？
来美子　ええ。野方さん、お願いです。私にクロノス・ジョウンターを使わせてください。

野方・吉本・来美子が去る。

7

布川がやってくる。後を追って、はるながやってくる。

はるな　布川さん、待ってください。
布川　僕に何か用ですか？
はるな　さっきの話は本当ですか？　二度と姉に会わないって。
布川　本当です。会いたくても、会えないんだ。僕は遠くへ行くから。
はるな　遠くって？　外国へでも行くんですか？
布川　そうですね。少なくとも、ここは全く違う世界です。
はるな　姉の気持ちはわかってますよね？
布川　……ええ。
はるな　それでも行くんですか？　布川さんはそれで本当にいいんですか？

別の場所に、圭がやってくる。反対側から、来美子がやってくる。

来美子　圭ちゃん、ただいま。次の配達って、横浜大学付属病院でいいんだよね？
圭　えーと……、ごめん。今、確認する。（とメモを見る）
来美子　どうしたの？　何だか、元気がないみたい。もしかして、香山さんと喧嘩したとか？
圭　うん。あと、うちのお母さんと。
布川　（はるなに）僕の父は、僕が十歳の時に亡くなったんです。それからは、母と二人で暮らしてきたんです。
はるな　それ、伊勢崎君から聞きました。あの人、昨日、横浜へ行ってきたんですよ。布川さんのことを調べに。
布川　それじゃ、僕の母にも会ってきたのかな。
はるな　さあ。それは聞いてませんけど。
布川　僕の母は、今から三年後に死ぬんです。
はるな　本当ですか？　何か、重い病気なんですか？
布川　癌です。母は二〇〇四年、つまり今年の十一月に最初の手術をしました。でも、またすぐに再発したんです。それからは入院と退院の繰り返しで。はるなさん。あなたのお母さんだって、いつ病気になるか、わからない。あの時、お母さんの言う通りにしておけば良かった。そう思っても、もう遅いんだ。
来美子　（圭に）それは、お母さんが怒るのも仕方ないよ。香山さんのこと、嫌いになったの？
圭　ううん。私のこと、好きだって言ってくれるのは、とってもうれしい。でもね、このまま結婚したら、きっと後悔する。そう、気づいちゃったの。あの人と出会って。

来美子　あの人って、昨日、アルト・ヴィーンにいた人？
はるな　（布川に）聞きましたか？　母がアルト・ヴィーンを売るって決めたこと。
布川　うん。昨夜、圭ちゃんから。
はるな　姉は、もう何年も前から、売れ売れって言ってました。今時、ウィーン風のカフェなんて、はやらないって。でもね、それは母のためでもあったんですよ。
布川　お母さんのため？
はるな　毎月月末が来るたびに、親戚や知り合いを駆けずり回って、借金をして。姉はそれがいやだったんです。そんな辛い思いをしてまで、守ることはないって思ってたんです。
布川　でも、圭ちゃんは怒ってましたよ。お母さんは勝手だって。
はるな　それは、姉に黙って、決めたからです。姉はいつも母のことを考えてます。自分さえ良ければそれでいいなんて、思ってません。
来美子　（圭に）お母さんとちゃんと話した方がいいよ。そうすれば、きっとわかってもらえる。
はるな　（布川に）たとえ母になんて言われようと、姉はあなたが好きなんです。
来美子　（圭に）好きなんでしょう？　その人のこと。本当は会いに行きたいんでしょう？
はるな　（布川に）本当はあなたも姉に会いたいんでしょう？
布川　僕は……。
圭　会いたい。
布川　会いたいよ。
圭　今すぐ会いたい。

布川　（はるなに）シック・ブーケへ案内してくれますか？

布川・はるなが去る。

来美子　高校生の時にね、ちょっと気になる人がいたの。吹原和彦っていう人。弟がボクシング部の上級生に怪我をさせた時、必死で庇ってくれて。おかげで、弟は部を辞めずに済んだ。弟がプロボクサーになれたのは、吹原君がいたからなのよ。

圭　その人のこと、好きだったの？

来美子　どうかな。でも、私が転校する時、空港まで見送りに来てくれてね。吹原君たら、なんて言ったと思う？

圭　告白されたの？

来美子　ううん。こうやって頭を下げて、「ありがとうございました！」って。何だかわからないけど、とってもうれしかったのよ。

圭　うれしかったってことは、やっぱり、好きだったのよ。

来美子　そうか。ちょっと気づくのが遅かったな。ねえ、圭ちゃん。あなたにはまだ時間がある。布川さんて人が本当に好きなら、ちゃんと言わなきゃダメだよ。

圭　わかった。私、言ってくる。

来美子　今から？　こんな時間に早退けしたら、店長が怒るよ。

圭　お願い。今、行かないと、二度と会えなくなるかもしれないの。

来美子　「圭ちゃんは徹夜続きで、熱が四〇度も出たので、家へ帰りました」。こんな感じでいい？
圭　ありがとう、来美子さん。

圭が去る。反対側へ、来美子が去る。布川・はるながやってくる。後を追って、伊勢崎がやってくる。

伊勢崎　布川さん！　大変です！
はるな　どうした、伊勢崎？
伊勢崎　（布川に）一時間ぐらい前に、香山さんから電話があったんです。今すぐ、朝日楼に来てくれって。
布川　どうして？
伊勢崎　もしかしたら、建物が見られるかもしれないんです。だから、早く。
布川　でも……。（とパーソナル・ボグを見て、凍りつく）
伊勢崎　どうしました？
布川　黒い線が二本しかない。この時代に来て、まだ一日半しか経ってないのに。
はるな　（パーソナル・ボグを見て）それ、何の機械ですか？
布川　（伊勢崎に）わざわざ伝えに来てくれて、ありがとう。でも、僕には先に行かなきゃいけない所があるんだ。行こう、はるなさん。

布川・はるなが去る。後を追って、伊勢崎も去る。佳江がやってくる。反対側から、圭がやってくる。

圭　布川さんは？

佳江　出ていったわ。ここには二度と来ないって。

圭　お母さんが追い出したの？

佳江　私は頼んだだけよ。これ以上、圭に関わらないでくださいって。

圭　どうしてそんな勝手なことばかりするの？

佳江　勝手なのはあなたでしょう？　ねえ、アルバイトはどうしたの？　まさか、途中で抜け出してきたんじゃないでしょうね？

圭　私はあの人に会いたいの。

佳江　わからないわね。昨日出会ったばかりの人に、どうしてそんなにのぼせ上がるわけ？

圭　私だって、わからないよ！　でも、あの人のそばにいると、素直になれるの。思ったことが何でも口にできるの。こんな気持ちになったのは、生まれて初めてなのよ。

佳江　(笑う)

圭　何がおかしいの？

佳江　私も同じような気持ちになったことがあるのよ。もう三十年近く前の話だけどね。

圭　それって、お父さんと出会った時のこと？

佳江　でもね、圭。布川さんは、ここにはあと三日しかいられないって言ってた。だから、あなたとは二度と会わないって。そんな人のことを好きになって、何になるの？

圭　それでもいいの。
佳江　圭。
圭　お父さんが死ぬってわかってたら、お母さんはお父さんを好きにならなかった？　それでも、好きになったでしょう？

布川・はるな・伊勢崎が走ってくる。

布川　圭ちゃん！
圭　布川さん、戻ってきてくれたんですね？
布川　シック・ブーケへ行ったら、君は早退けしたって。
佳江　どうして戻ってきたんですか？　これ以上、圭に関わらないでくださいって言ったはずですよ。
はるな　私が連れてきたのよ。お願い、二人に時間をあげて。
布川　(佳江に) 圭さんを一時間だけ、貸してください。一時間経ったら、今度こそ、圭さんの前から姿を消します。
伊勢崎　布川さん、早く行きましょう。
圭　行くって、どこへ？
布川　朝日楼が見られるかもしれないんだ。僕は君と一緒に見たいんだ。
圭　わかった。私も行く。

佳江　圭。
圭　行ってきます、お母さん。

布川・圭・伊勢崎が走り去る。

はるな　お母さん、お姉ちゃんを許してあげて。
佳江　許すも許さないもないわ。あの子はもう子供じゃないんだから。
はるな　良かった。
佳江　でも、今夜は夕食抜き。さあ、二人でお寿司でも食べに行こう。

佳江・はるなが去る。

8

布川・圭　伊勢崎が走ってくる。

布川　この音は何だ？　解体工事が始まったのか？
伊勢崎　違いますよ。あそこを見てください。（と指差して）あの一番上の所。シートが外されてるじゃないですか。
圭　本当だ。あ、あっちのシートも。

香山がやってくる。

香山　やっと来ましたね、布川さん。
布川　香山さん、これはあなたが？
香山　いや、父の知り合いに、鎌倉市の教育委員会の人がいましてね。その人の力を借りたんです。
布川　でも、教育委員会の人がどうやって？

香山　その人は、鎌倉の文化財を管理してるんです。僕が頼みに行ったら、すぐに市役所に電話してくれました。「朝日楼は、鎌倉市の貴重な文化財だ。直ちに解体を止めさせろ」って。すると今度は、市役所の建築課の課長が豊引工務店に電話してくれて。

圭　じゃ、朝日楼は保存してもらえるの？

香山　さすがにそこまでは無理だった。解体は予定通り、明日、行われる。でも、その前に、写真を撮って、記録として残すことになった。そのために、今、シートを外してるところなんだ。

圭　ありがとう、香山君。ちょっと見直しちゃった。

香山　本当？　圭ちゃんにそう言ってもらえると、うれしいな。

布川　ありがとう、香山さん。

香山　これで借りは返せましたよね。

布川　借りだなんて、とんでもない。本当に感謝しています。

伊勢崎　布川さん、シートが外されましたよ。

布川　これが朝日楼か。

伊勢崎　これが旅館だなんて、信じられないな。建物全体が渦を巻いてるみたいだ。

圭　入口の所に、木の棒がたくさん出てるでしょう？　小学生の頃、あの棒にぶら下がって、よく遊んだの。

布川　巻き貝だ。建物全体が巻き貝の形をしてる。間違いない。廣妻隆一郎の作品だ。

佳江・はるながやってくる。

はるな お姉ちゃん！
圭 どうしたの、二人とも。（佳江に）まさか、私を連れ戻しに来たの？
はるな 違う違う。私たちはお寿司屋さんへ行くところ。そうだよね、お母さん？
佳江 （圭に）全く、何度見ても、おかしな建物ね。でも、なくなると思うと、淋しい気もする。
香山 そうですね。
佳江 この旅館ができたのは、私が小学生の頃でね。その時、私たちはなんて呼んでたと思う？
伊勢崎 巻き貝の形をしてるから、竜宮城。違いますか？
はるな バッカじゃねえの。
佳江 （伊勢崎に）当たり。あなたの推理もたまには当たるのね。
圭 布川さん、写真は撮らないの？
布川 そうだった。

布川がカメラを構える。と、よろめく。香山が布川を支える。

香山 どうしたんですか、布川さん？
布川 ちょっと目眩がして。（とパーソナル・ボグを見て）黒い線が一本しかない。しかも、チカチカ点滅してる。

はるな　それ、さっきも気にしてましたよね？　一体、何の機械なんですか？

圭　パーソナル・ボグ。その黒い線が消えたら、布川さんは未来へ弾き飛ばされるの。

はるな　未来って？

圭　布川さんは未来から来たの。今から四年後の、二〇〇八年から。

伊勢崎　それはつまり、タイムトラベルしてきたってことですか？

はるな　信じられない。また、伊勢崎の推理が当たったの？

伊勢崎　嘘だ！　タイムトラベルなんて夢みたいなこと、絶対にありえない！

はるな　バカ。自分の推理を自分で否定するな。

布川　（伊勢崎に）はるなさんに言われて、やっと思い出しましたよ。四年前、僕に朝日楼のことを教えてくれた人。あれはあなただったんですね。

伊勢崎　それじゃ、昨日、僕が会ったのは……。

佳江　ちょっと待ってよ。あなたたち、本気で信じてるの？　タイムトラベルだなんて、バカげた話。

はるな　でも、そう考えると、何もかも辻褄が合うのよ。（布川に）さっき、遠くへ行くって言ったのは、四年後の世界へ戻るってことなんでしょう？

布川　違うんだ。僕が行くのは、今から三十五年後、二〇三九年なんだ。

圭　嘘！

布川　これがクロノスの欠点なんだ。元の時代じゃなくて、遠い未来へ弾き飛ばされる。

圭　そんなのいやよ。三十五年も会えないなんて。

布川　でも、どうしようもないんだ。
圭　お願い。未来へ行く瞬間に、私の手を握ってて。私も未来へ行けるかもしれないから。
佳江　圭。
圭　私、布川さんと一緒に行く。一緒に行きたいの。
布川　ごめん、圭ちゃん。過去の人間を未来へ連れていくことは出来ないんだ。
圭　それじゃ、ここで別れるしかないの？

布川がよろめき、跪く。

圭　布川さん！（と布川に駆け寄り、抱き起こす）
布川　風が。
圭　風？
布川　ありがとう、圭ちゃん。君に会えて、本当に良かった。
圭　行かないで、布川さん。
布川　やっとわかったよ。僕がこの時代に来たのは、朝日楼を見るためじゃなかった。君に会うためだったんだ。
圭　三十五年経ったら、また会いに来てくれる？
布川　圭ちゃん……。
圭　約束して。もう一度、会いに来るって。

布川　わかった。必ずもう一度、会いに行く。約束だ。

布川が倒れる。圭・佳江・香山・伊勢崎・はるなが去る。

布川　(体を起こして) 目が覚めると、僕はリノリウムの床に倒れていた。そこは、名前を聞いたこともない、金融会社のオフィス。P・フレックはなくなっていた。もちろん、クロノスも。僕が辿り着いたのは、二〇三九年十二月十八日。そこで僕は本当に独りぼっちになってしまった。圭ちゃん。君はあれから、どんな人生を歩んだのだろう。誰かと結婚して、子供を産んで、幸せになっただろうか。今頃、僕が会いに行っても、迷惑だろうか。それでも、僕は君に会いたい。だから、この手紙を送る。三十五年前、アルト・ヴィーンがあった場所へ。必ずもう一度、会いに行く。そう、約束したから。

布川が去る。

9

磯子がやってくる。反対側から、布川がやってくる。

磯子　いらっしゃいませ。
布川　あの、こちらに、香山拓美さんて方がいらっしゃると思うんですが。
磯子　少々お待ちください。（奥に向かって）店長！　店長！

拓美がやってくる。

拓美　何だい、磯子ちゃん。
磯子　（布川を示して）こちらの方が、店長に用があるそうです。
布川　（拓美に）驚いたな。お父さんにそっくりだ。
拓美　よく言われます。布川輝良さんですね？
布川　そうです。突然、手紙を送って、申し訳ありません。まさか、返事がもらえるとは思いませんでした。

拓美　そうですか？　僕はあなたのことをずっと待ってたんですよ。父から言われてましたからね。二〇三九年になったら、ここに布川輝良という人が来るかもしれないって。

布川　お父さんはいつ？

拓美　半年前です。あなたにとても会いたがってましたよ。（と封筒を差し出して）これ、あなた宛の手紙です。亡くなる前に、父が書いたんです。

布川　（受け取って）ありがとう。ここで読ませてもらっていいですか？

拓美　もちろんです。どうぞ、ごゆっくり。

拓美がカウンターへ行く。磯子が去る。布川が手紙を開く。

布川　「布川輝良様。あなたに会うのをずっと楽しみにしていました。が、その日が来る前に、私はこの世を去らなければならないようです。本当は私の口からお伝えしたかった。あなたがいなくなった後、圭さんに何が起きたのか。かわりにと言ってはなんですが、この手紙を息子に託します。まず最初に、これだけは書いておきます。結局、私と圭さんは結ばれませんでした。もちろん、私は必死で圭さんに求婚しました。が、圭さんの心の中には、あなた以外の男が入り込む隙はなかったようです。そして、四年後、圭さんは私の前からいなくなりました。それは、二〇〇八年十二月二十三日のことでした。」

来美子・野方・吉本がやってくる。

来美子　野方さん、お願いです。私にクロノス・ジョウンターを使わせてください。
吉本　驚いたな。あなたは過去へ行きたいんですか？
来美子　私じゃなくて、私の友人が。名前は枢月圭と言います。
吉本　枢月圭？　その人は、四年前に布川君を助けた人じゃないですか？
来美子　ええ。
野方　どんな事情か知らないが、答えはノーです。クロノスの開発は本日をもって中止になった。
　二度と動かすことはできない。
吉本　野方さん、嘘はやめましょう。
野方　何が嘘だ。
吉本　あなたがクロノスの開発を諦めるはずがない。横須賀倉庫に移送した後も、一人でこっそ
　り続けるつもりなんでしょう？
野方　もしそうだとしても、知らない人間を過去へ飛ばす気はない。
吉本　（来美子に）枢月さんは、布川君に会いに行くつもりなんですね？
来美子　そうです。野方さん、吹原君は私を助けるために、何度も何度も会いに来てくれました。
　今の圭ちゃんは、あの時の吹原君と同じ気持ちなんです。
野方　俺は認めない。絶対に認めないからな。
布川　「それでも、来美子さんは諦めませんでした。毎日、Ｐ・フレックに通って、野方さんに
　頭を下げ続けました。そして、十二月二十九日」

格子が開いて、奥の機械が姿を現す。圭・佳江・はるながやってくる。圭の手にはスケッチブック。

圭　野方さん、吉本さん、準備ができました。
吉本　どうです？　緊張してますか？
圭　ええ。だって、この日が来るのを四年も待ってましたから。
吉本　四年か。その前に、P・フレックに来ようとは思わなかったんですか？　来れば、布川君に会えたのに。
はるな　お姉ちゃんは行きたかったみたいですよ。でも、来美子さんに止められたんです。
来美子　布川さんがクロノスに乗るのは、二〇〇八年です。その前に会っちゃったら、歴史が変わるでしょう？
吉本　確かにそうだ。（圭に）下手をしたら、あなたたちはゴミ捨て場で出会えなくなる。
野方　圭さん、僕はやっぱり反対だ。このまま、お母さんと家へ帰った方がいい。
圭　ご忠告ありがとうございます。でも、私の気持ちは変わりません。
野方　わかってるのか？　下手をしたら、二度とお母さんに会えなくなるんだぞ。
圭　覚悟はしてます。そのために、この四年間、精一杯、親孝行してきたんですから。ねえ、お母さん？
佳江　喧嘩もたくさんしたけどね。
野方　娘さんを行かせていいんですか？　止めるなら、今のうちですよ。

佳江　止めても、聞く子じゃないんです。それに、この子が自分で選んだことですから。
圭　行かせてください、野方さん。
野方　もういい。勝手にしろ。
吉本　（圭に）じゃ、セルに入ってください。
来美子　圭ちゃん、元気でね。
はるな　（圭に）布川さんに会ったら、「お姉ちゃんを幸せにしないと、ぶっ飛ばすぞ」って伝えて。
圭　わかった。
はるな　ほら、お母さんも何か言ってあげなよ。
佳江　圭、また会おうね。
圭　うん。必ず会いに行くからね。それまで、元気で。

圭がクロノス・ジョウンターの中に入る。

野方　吉本、データを読み上げろ。
吉本　目標時刻は、二〇〇四年十二月二十九日午前八時。目標地点は、カフェ・アルト・ヴィーン。
野方　よし。カウントダウンだ。
吉本　五、四、三、二、一。（とキーを叩く）

クロノス・ジョウンターが眩しく光り、轟音を発し、煙を噴き出す。佳江・はるな・来美子・吉本・野方が去る。

布川 「それから、三十一年の月日が流れました。佳江さんとはるなさんは今、ウィーンにいます。喫茶店じゃなくて、本物のウィーン。はるなさんは向こうで結婚して、五人も子供を産みました。かわいい孫に囲まれて、佳江さんも幸せなようです。伊勢崎君は難事件を次々と解決して、日本一有名な探偵になりました。今は、ワイドショーのコメンテーターとして、活躍中です。そうそう、アルト・ヴィーンは他の人の手に渡るはずでしたが、佳江さんに頼んで、私が買い取ることにしました。こんなに素敵なカフェが、この世から消えてしまうのが惜しくて。最初は人に貸していたのですが、息子が自分でやってみたいと言うので、譲ってやりました。息子は私と違って、カメラに興味があるようです。布川さんと、いい友達になれるのではないかと思います」

圭がやってくる。手にはスケッチブック。

圭 布川さん!
布川 圭ちゃん! いつ、この時代に?
圭 ついさっき。目が覚めたら、公園の芝生の上で倒れてた。それから、すぐにここに来たの。まさか、布川さんがいるとは思わなかった。

布川　僕もさっき来たばかりなんだ。でも、君には呆れたよ。
圭　どうして？
布川　だって、クロノスは過去へ行くための機械なんだよ。それを、未来へ行くために使うなんて。
圭　でも、こうしてまた会えたじゃない。これ、お土産。（とスケッチブックを差し出す）
布川　（受け取って）これは朝日楼だね？
圭　そうよ。布川さん、中が見られなかったでしょう？　だから、私がスケッチしたの。全部は無理だったけど、ロビーと、食堂と、遊戯室と。

拓美がテーブルにやってくる。手にはカップを二つ載せたお盆。

拓美　枢月圭さんですね？
圭　あなたは？
拓美　香山耕二の息子です。良かったら、召し上がってください。アルト・ヴィーン特製のブレンド・コーヒーです。（とテーブルに置く）
圭　驚きました。建物もテーブルも、三十五年前のまま。
拓美　父の遺言なんです。圭さんが来るまで、絶対に改装するなって。僕もこの店は気に入ってるんで、これからも改装する気はありませんけどね。
布川　（スケッチブックを閉じて）ありがとう、圭ちゃん。

圭　気に入ってもらえた?

布川　うん。でも、僕は絵より、君が来てくれたことがうれしい。(香山の手紙を差し出して)これ、香山さんからの手紙なんだ。君のお母さんとはるなさんは今、ウィーンにいるって。

圭　(受け取って)良かった。また二人に会えるのね。

布川　(カップを持って)知ってたかい? 今日はクリスマスイブなんだ。三十五年前は一緒に過ごせなかったけど、これからずっと。

圭　メリークリスマス。

〈幕〉

ミス・ダンデライオン

MISS DANDELION

成井豊＋隈部雅則

登場人物

鈴谷樹里《すずたにじゅり》（横浜大学付属病院内科医師）
青木比呂志（患者・作家志望）
吉澤（横浜大学付属病院内科教授）
武子（吉澤の妻）
北田（横浜大学付属病院内科研修医）
古谷（サナダ薬品横浜営業所所長）
葉山（患者・中学校教諭）
祥子（葉山の妻）
水村（横浜大学付属病院内科看護婦）
十一歳の樹里（患者・小学五年）
吉本（P・フレック開発二課課長）
野方（P・フレック開発三課課長）

この作品は、梶尾真治『クロノス・ジョウンターの伝説』（朝日ソノラマ刊）所収の『鈴谷樹里の軌跡』を脚色したものです

1

舞台の中央に、鈴谷樹里が立っている。白衣を着て、眼鏡をかけている。

鈴谷　十九年前の夏、私は十一歳でした。小児性結核で、横浜大学付属病院に入院していました。両親は共働きだったので、お見舞いに来てくれるのは夜だけ。だから、昼間はいつも独りぼっち。そんな私を慰めてくれたのは、同じ入院患者の男の人。私はヒー兄ちゃんと呼んでいました。

舞台の上手に、机とソファーが置いてある。下手にはベッドと椅子。奥は格子。その向こうに、大きな機械が置いてある。十一歳の樹里がソファーに座っている。パジャマを着ている。青木比呂志がやってくる。同じく、パジャマを着ている。

青木　やあ。

十一歳の樹里　ヒー兄ちゃん、聞いて。私、来週、退院できるの。

青木　本当か？

十一歳の樹里　昨日、喀痰検査をしたら、結核菌が全然出なかったんだって。学校にも行っていいし、疲れないように気をつければ、遊園地にも行っていいって。

青木　良かったな、樹里ちゃん。おめでとう。

十一歳の樹里　退院しても、病院には毎日来るからね。ヒー兄ちゃんに会いに。

青木　それを聞いて、安心したよ。樹里ちゃんがいなくなったら、淋しくなるなって思ったんだ。でも、毎日っていうのはどうかな。

十一歳の樹里　ねえ、またお話、聞かせて。

青木　それがなあ。僕が知ってる童話は全部話しちゃったし。

十一歳の樹里　ヒー兄ちゃんが作ったお話でもいいよ。『足すくみ谷の巫女』。

青木　あれはまだ続きを考えてなくて……。そうだ。樹里ちゃんにはちょっと難しいかもしれないけど、『たんぽぽ娘』はどうかな。

十一歳の樹里　たんぽぽ娘？

青木　僕の大好きな話なんだ。ロバート・F・ヤングって人が書いたSFなんだけど。

十一歳の樹里　私、聞きたい。

青木　よし。じゃ、なるべくわかりやすく話をしよう。この話の主人公は中年のおじさんで、名前はマーク。職業は弁護士。マークは毎年、四週間の休暇を取って、家族と山小屋へ出かけることにしている。ところが、ある年、奥さんと子供に用事ができて、先に帰ってしまう。残ったのは、マーク一人。最初のうちは、釣りや読書をして、のんびり過ごしていたけど、やっぱり独りぼっちは淋しい。気を紛らわせるために、山小屋の周囲を散歩するようになる。ある日、今まで足を踏み入れたことのない森に入ってみた。森の向こうには丘があった。丘の頂上まで登ると、そこに、たんぽぽ娘がいたんだ。

十一歳の樹里　たんぽぽ娘って、どんな人？

青木　とてもキレイな人だった。髪の毛がたんぽぽの花の色をしてて。だから、遠くから見ると、まるでたんぽぽの花の精みたいだった。

十一歳の樹里　その人の本当の名前は？

青木　ジュリー。君と同じ名前なんだ。

十一歳の樹里　嘘。

青木　嘘じゃない。本当にジュリーって名前だったんだ。ジュリーは二百四十年後の未来からってきた。お父さんが作ったタイムマシンに乗って。

十一歳の樹里　すごい。

青木　ジュリーはこう言ったんだ。「ここは私が大好きな時空座標です。一昨日はウサギを見たわ。昨日はシカ。そして、今日はあなた」

十一歳の樹里　それで、二人はどうなったの？

青木　それから、マークは毎日、丘の頂上へ行った。ジュリーに会うために。二人はいろんな話をして、すっかり仲良しになった。ところが、ある日を境にして、ジュリーは姿を現さなくなった。次の日も、その次の日も。四日目、ジュリーは黒い服を着て現れる。そして、言うんだ。「父が亡くなりました」って。

十一歳の樹里　どうして？

青木　放射能の実験で、体を壊したんだ。
十一歳の樹里　ジュリーは大丈夫だったの？
青木　ああ。でも、お父さんがいないと、タイムマシンが壊れた時、修理する人がいない。それなのに、毎日使っていたせいか、調子がおかしくなってきていた。過去に来られるのは、せいぜいあと一回……。
十一歳の樹里　それじゃ、マークとはあと一回しか会えないの？　でも、会えたんでしょう？
青木　（苦しそうに顔を伏せ、荒い息を吐く）
十一歳の樹里　ヒー兄ちゃん、大丈夫？
青木　（苦しそうに何度か頷く）
十一歳の樹里　看護婦さん！　看護婦さん！

水村が走ってくる。

水村　どうしたの、樹里ちゃん？
十一歳の樹里　ヒー兄ちゃんが死んじゃう！
水村　青木さん、あなた、安静にしてなきゃダメって言ったでしょう？
青木　今日は調子が良かったし、樹里ちゃんにも会いたかったし……。
水村　（青木の額を触って）ひどい熱。とりあえず、病室へ戻りましょう。

水村が青木を抱えて、ベッドに運び、寝かせる。

鈴谷　次の日、昼食を終えると、私はいつも通りに談話室へ行きました。でも、ヒー兄ちゃんの姿はなかった。一時間待っても、二時間待っても、ヒー兄ちゃんは来なかった。不安になった私は、ヒー兄ちゃんの病室へ向かいました。七一一号室。中に入ろうとすると、後ろから声をかけられました。

十一歳の樹里がベッドに近づく。

鈴谷　駄目よ。青木さんは面会謝絶なのよ。
十一歳の樹里　私……。
鈴谷　振り返ると、看護婦さんが立っていました。
十一歳の樹里　私、ヒー兄ちゃんから、たんぽぽ娘の話の最後を聞いてないんです。
鈴谷　たんぽぽ娘……。
十一歳の樹里　だから、会わなくちゃいけないんです。
鈴谷　あなたの気持ちはよくわかるわ。でも、これは、青木さんの体を考えてのことなの。青木さんはチャナ症候群ていう病気なのよ。とても重い病気で、他の人と話ができる状態じゃないの。
十一歳の樹里　でも……。

鈴谷　用件は、私が責任を持って伝えるから。
十一歳の樹里　じゃ、看護婦さん、約束してください。ヒー兄ちゃんを必ず元気にするって。お願いします。
鈴谷　残念だけど、それは無理よ。もちろん、私たちにできることは精一杯やります。でも、それで青木さんが助かるかどうかはわからない。未来は誰にもわからないの。

十一歳の樹里がソファーへ行き、座る。

鈴谷　次の日も談話室へ行きました。でも、やっぱり、ヒー兄ちゃんは来なかった。それでも、私は待ちました。待っていれば、いつも通りに、「やあ」と笑って、現れるような気がして。ところが、やってきたのは、昨日話をした看護婦さんでした。

鈴谷が十一歳の樹里に歩み寄る。

鈴谷　青木比呂志さんが、今朝、亡くなられました。これは、鈴谷樹里さんに渡してくださいって残されたものです。（と本を差し出す）
十一歳の樹里　（本を受け取る）
鈴谷　力になれなくて、ごめんなさい。
十一歳の樹里　嘘つき！　嘘つき！

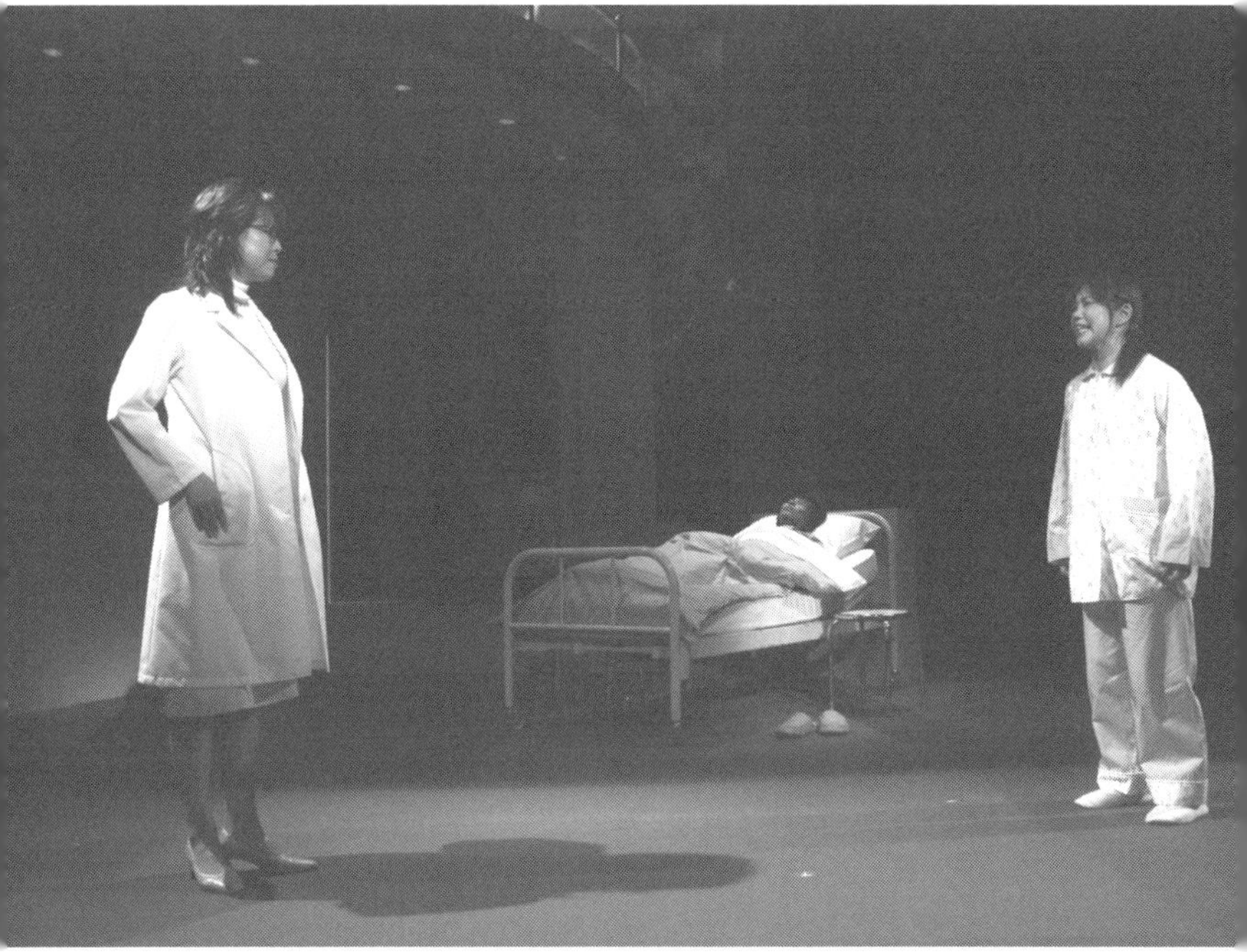

十一歳の樹里が走り去る。

鈴谷

十九年前の夏。ヒー兄ちゃんと過ごしたあの夏は、私の大切な宝物。十一歳なんて、まだまだ子供かもしれない。でも、人を好きになることはできます。私はヒー兄ちゃんが好きでした。今でも好きです。そして、これからも。

鈴谷が去る。

2

吉澤がソファーに座っている。白衣を着ている。鈴谷がやってくる。

鈴谷 吉澤先生、お呼びですか？
吉澤 済まないね、せっかくのお昼休みに。ちょっとまじめな話があってね。
鈴谷 まじめな話？
吉澤 実は、私が学生だった頃、うちの内科には野方という助教授がいてね。非常に優しい人で、この人に出会わなかったら、私は大学に残れなかったし、こうして教授になることもなかった。つまり、私の人生の恩人と言ってもいい人だ。
鈴谷 あの、お話の趣旨が見えないんですが。
吉澤 大丈夫、大丈夫。もうすぐ見えるから。で、その野方さんなんだけど、今は横浜市内で開業医をしてる。小さな医院だけど、何しろ、人柄がいいからね。結構繁盛しているらしい。その野方さんが先月、うちの病院に来た時、君を見かけてね。すっかり気に入ってしまったんだ。
鈴谷 あの、その方は今、おいくつなんですか？

吉澤　違う、違う。野方さんには奥さんもいるし、息子さんもいる。問題はその息子さんの方なんだ。

鈴谷　お断りします。

吉澤　まだ話は終わってないんだが。

鈴谷　最後まで聞かなくても、わかります。要するに、縁談ですよね？　だったら、検討の余地はありません。十年後はどうかわかりませんが、今は結婚なんて全く考えてません。

吉澤　でも、君、十年後って言ったら、四十じゃないか。その時になって、結婚したいと思っても、もう手遅れだよ。

鈴谷　それなら、それで構いません。

吉澤　わかった、わかった。じゃ、この話は断っていい。でも、向こうはすっかり乗り気なんだ。一回だけでいいから、会ってやってくれないか。

鈴谷　お見合いですか？

吉澤　それ以上は何も望まない。すぐに断ってくれていい。私の顔を立てると思って。

鈴谷　でも、最初から断るつもりで会うなんて、先方に失礼じゃないですか？

吉澤　そんなの、君が黙っていれば、わからないじゃないか。これ、息子さんの写真と履歴書だ。（と封筒を差し出して）とにかく、見るだけ、見てくれ。

電話が鳴る。吉澤が受話器を取る。別の場所に、北田が現れる。白衣を着ている。

吉澤　はい、吉澤です。
北田　あ、私、研修医の北田です。そちらに、鈴谷先生がいらっしゃってると思うんですが。
吉澤　ああ。今、代わる。（鈴谷に）君に電話だ。北田君から。（と受話器を差し出す）
鈴谷　（受け取って）代わりました。鈴谷です。
北田　お話し中に、すみません。七一一号室の葉山さんが熱を出しまして。とりあえず、処置はしたんですが、一応、様子を見に来てもらえませんか？
鈴谷　わかった。すぐに行く。

鈴谷が受話器を置く。北田が去る。

鈴谷　葉山さんが熱を出したそうです。私、病室へ行ってきます。
吉澤　これ、忘れ物。（と封筒を鈴谷に押しつける）
鈴谷　吉澤先生。
吉澤　ほら、早く行かないと。

鈴谷がソファーから離れる。反対側から、古谷がやってくる。吉澤は去る。

古谷　あ、鈴谷先生、ちょうどあなたを探してたところなんですよ。
鈴谷　すみません。私、急いでるんですが。

古谷　今じゃなくてもいいんです。後で三十分ほど、時間を取っていただけませんか。
鈴谷　新薬の説明でしたら、まずは吉澤先生に。
古谷　いや、今日はセールスじゃないんです。これ、鈴谷先生だったら、興味をお持ちになるんじゃないかと思って。（と封筒を差し出して）見るだけ、見ていただけませんか？
鈴谷　あなたまで、私にお見合いをしろと？
古谷　お見合い？　何のことですか？
鈴谷　ごめんなさい。ちょっと気が立っていて。
古谷　これ、今月号のケミカル・シーズナリーのコピーです。中に、シカゴ大学のロックフォード教授の論文が載ってましてね。まだお読みでなかったら、ぜひ。話は、読んでいただいてからということで。
鈴谷　（封筒を受け取って）わかりました。後で連絡します。
古谷　お待ちしてます。

古谷が去る。反対側から、北田がやってくる。

鈴谷　容態は？
北田　（鈴谷にカルテを渡して）お昼過ぎに奥さんが来た時、汗びっしょりになってたそうで。一応、抗生物質を処方しておきました。
鈴谷　ありがとう。

鈴谷・北田がベッドに近づく。葉山がベッドで寝ている。祥子が椅子に座っている。

鈴谷　失礼します。葉山さん、気分はいかがですか？
葉山　薬が効いたのかな。さっきよりは楽になりました。
鈴谷　良かった。念のためにお聞きしますけど、昨夜は何時に寝ました？
葉山　九時です。ちゃんと消灯時間に寝ましたよ。
祥子　また嘘をついて。（鈴谷に）この人、学校で陸上部の顧問をしてるんですけどね。昨日、部長の子がお見舞いに来て、練習メニューを考えてくれって、頼んだらしいんですよ。
葉山　（鈴谷に）毎年、夏休みは、伊豆高原へ合宿に行くんですよ。普段の練習ならともかく、合宿のメニューは僕が考えないと。
鈴谷　葉山さんが生徒思いのいい先生だってことはよくわかってます。でも、この病気は安静にしてるのが一番なんですよ。早く治したかったら、いろんなことを我慢しないと。
葉山　治るんですかね、僕。
祥子　バカね。何言ってるのよ。
葉山　でも、もう入院して三カ月になるし。それなのに、熱が出る回数は増えるばっかりだし。
祥子　それは、あなたが先生の言うことを聞かないからでしょう？
葉山　先生、僕の病気はチャヤナ症候群ていうんですよね？
鈴谷　そうです。レトロウィルスによって生じる特殊な肝炎で、世界的にも非常に珍しい病気

葉山　です。
祥子　祥子、あれ、出してくれよ。インターネットの。
葉山　（バッグから紙片を取り出し、葉山に差し出す）
鈴谷　（受け取って）家内に調べてもらったんですけどね。チャナ症候群は、まだ治療法が発見されてないって書いてありました。本当ですか？
葉山　本当です。だからと言って、治らないと決まったわけじゃない。実際、完治した人も大勢いるんです。
鈴谷　でも、確率は五パーセント未満なんでしょう？　ここには、そう書いてありますよ。
葉山　ええ、その通りです。でも、それは子供とかお年寄りとか、基礎体力のない人を含めた数字です。葉山さんはまだ若いし、体力だってあるし。
祥子　僕はもう歩くこともできない。体力なんか、どこにも残ってませんよ。
葉山　和己君、やめてよ。
祥子　おまえは黙ってろ。
葉山　先生に文句を言って、どうなるのよ。あなたのこと、必死で良くしようとしてくださってるのに。あなたが先に諦めたら、先生はどうすればいいの？　私はどうすればいいのよ。
葉山　俺は別に諦めたわけじゃない。
祥子　だったら、先生の言う通りにしてよ。夜更かしなんかしないでよ。
葉山　行きたかったんだよ、合宿。生徒たちと走りたかったんだよ。気持ちいいんだ、夏の伊豆高原は。青い空。

鈴谷・北田がソファーへ行く。

北田　忘れてた。古谷さんが探してましたよ、サナダ薬品の。
鈴谷　さっき会った。これを渡しに来たのよ。（と封筒を差し出す）
北田　（受け取って）またカタログですか？
鈴谷　違う。確か、ケミカル・シーズナリーのコピーだって言ってたけど。
北田　（封筒から写真を取り出して）カッコいい！
鈴谷　何が？
北田　私、眉毛の太い男に弱いんですよ。意志が強そうで、「黙って俺について来い」って感じがするじゃないですか。旦那にするなら、絶対、この眉毛ですよ。

鈴谷　あ、その写真は。
北田　これ、お見合い写真ですよね？　先生、お見合いするんですか？
鈴谷　しない。吉澤先生に無理やり押しつけられただけ。
北田　えー？　もったいない。この人、絶対、いいと思うけどなあ。

鈴谷　はい、回収。（と写真を奪い取り）古谷さんが持ってきたのは、こっち。（と別の封筒を渡す）
北田　前から一度聞きたかったんですけど、先生は男の人に興味がないんですか？
鈴谷　今のところは別に。
北田　もしかして、若い頃にとっても辛い恋をして、いまだにその傷が癒えないとか？
鈴谷　別に辛い恋はしてないけど、忘れられない人はいる。その人と出会ったのは、まだ小学生の頃でね。出会ってすぐに、病気で亡くなったの。
北田　そうだったんですか。じゃ、先生が医者になろうと思ったのは、その人のことがあったから？
鈴谷　そうかもしれない。そんなことより、仕事、仕事、仕事。
北田　はいはい。（と封筒の中から紙を取り出して）これ、シカゴ大学のロックフォード教授の論文ですね。「シュワルナゼ担子菌の薬効について」。
鈴谷　新しい抗癌剤でしょう？　その人、次から次へと抗癌剤を作ってるのよ。
北田　あれ？　ここにラインマーカーが引いてある。「特筆すべきは、チャナ症候群に驚異的な効果を発揮することであろう」。
鈴谷　今、なんて言った？
北田　この抗癌剤、癌には効かないのに、チャナ症候群には効くみたいです。
鈴谷　ちょっと貸して。（と北田の手から紙を取る）
北田　私、古谷さんを探してきましょうか？

鈴谷　いい。私が電話する。（と電話をかける）

北田　でも、古谷さんは誰に聞いたんだろう。葉山さんがチャナ症候群だって。

別の場所に、古谷が現れる。携帯電話を持っている。

古谷　はい、古谷です。

鈴谷　横浜大学付属病院の鈴谷です。

古谷　先程はどうも。そろそろかかってくる頃だと思ってましたよ。

鈴谷　ケミカル・シーズナリーのコピー、読みました。ぜひ、詳しい話を聞きたいんですが。

古谷　よろしいですとも。すぐにお部屋へお伺いしましょうか？

鈴谷　お願いします。

鈴谷が受話器を置く。古谷がやってくる。

古谷　お待たせしました。

北田　待ってません。一秒も。

古谷　実は、そこの談話室にいたんです。お呼びがかかるだろうと思って。

古谷　ここに書いてある、シュワルナゼ担子菌ていうのは、いつ頃、発見された物なんですか？

古谷　一年前ですね。学名はシュワルナゼ・ブラゼイ、原産地はアマゾン。アマゾン川流域のゴムの木に発生するカビの一種です。

鈴谷　で、この薬に何か副作用は？

古谷　高熱が出ます。そのせいで、難聴になった人が二人。

北田　（鈴谷に）それくらいのリスクはやむを得ないですよ。命が助かるなら。

鈴谷　（古谷に）すぐに手に入れたいんです。一カ月、いいえ、できれば半月以内に。ロックフォード教授に連絡して、送ってもらうことは可能でしょうか？

古谷　その必要はありません。この薬、アメリカでは既に製品化されてるんですよ。シュワルナゼリン二〇〇って名前で。

北田　初耳です、そんな名前。

古谷　それはそうでしょう。日本では、まだ認可が下りてませんから。私もその記事を読んで、初めて知りました。で、試しにと思って、見本を取り寄せたんです。（とカバンの中から箱を取り出す）

北田　（箱を開けて）アンプルが十二本も！　鈴谷先生、これを使えば、葉山さんは助かりますよ！

鈴谷　（古谷に）それで、この薬の用法は？

古谷　筋肉注射です。十六時間ごとに一本ずつ、全部で三本。それでも効果が上がらない場合は、さらに一本。

鈴谷　値段は？

古谷　認可前で、保険が効きませんからね。一本九十万、三本で二百七十万です。でも、今回は

鈴谷　代金は結構です。かわりに、臨床データがいただければ。
古谷　古谷さん、なんてお礼を言えばいいか。
鈴谷　私は約束を守っただけですよ。
古谷　約束？
鈴谷　五年前だったかな。初めてお会いした時、先生、言ったでしょう？　チャナ症候群に関する論文が出たら、すぐに知らせてくれって。
古谷　覚えててくれたんですか？
鈴谷　もちろんですよ。チャナ症候群なんて聞いたこともなかったけど、先生のためなら何とかしようと思ったんです。先生は、私の知ってる人によく似てるんですよ。若い頃、お世話になった人に。

鈴谷がベッドに近づく。葉山がベッドで寝ている。祥子が椅子に座っている。北田・古谷は去る。

鈴谷　葉山さんはお休みですね？
祥子　ええ。何か？
鈴谷　申し訳ありませんが、起こしていただけませんか？　ご相談したいことがあるので。
祥子　一体何の相談ですか？　この人、もうダメなんですか？
鈴谷　違います。
祥子　でも、最近、三日に一度は熱を出しますよね？　そうなったら、もう末期なんでしょう？

鈴谷　助からないんでしょう？
祥子　いいえ、助かる可能性はまだあります。
鈴谷　無駄な慰めはやめてください。
祥子　本当にあるんです。私自身もつい先程知ったんですが、アメリカで開発された抗癌剤に、シュワルナゼリン二〇〇というものがありまして。この薬を使えば、チャナ症候群は治せるんです。
鈴谷　本当ですか？
葉山　ただし、副作用の危険性はあります。高熱が出て、中には難聴になった人もいるそうです。
祥子　いいですよ、耳が少しぐらい遠くなったって。
葉山　和己君、起きてたの？
　　　もう一度、走れるようになるなら、何だってする。鈴谷先生、その薬、使わせてください。
　　　いいよな、祥子？
祥子　（鈴谷に）お願いします。

北田がアンプルと注射器を持ってくる。葉山に注射を打つ。北田が去る。

鈴谷　一回目の投与から三十分後、葉山さんは四十度近い熱を出しました。熱は五時間も続きました。でも、それから徐々に下がり始め、三十七度代で安定。翌朝、二回目の投与。もう熱は上がらず、葉山さんは笑顔を浮かべて、「耳はちゃんと聞こえる。体の調子もいい」

と言いました。その日の夜、三回目の投与。驚いたことに、葉山さんはベッドから立ち上がりました。（葉山に）この調子なら、来週には退院できそうですね。

祥子　鈴谷先生、ありがとうございました。ほら、あなたもお礼を言って。

葉山　（鈴谷に）夢みたいです。今年も合宿へ行けるなんて。鈴谷先生、このご恩は一生忘れません。（と頭を下げる）

鈴谷がベッドから離れる。

鈴谷　私は思いました。十九年前にこの薬があれば、ヒー兄ちゃんは死なずに済んだのに。

吉澤がやってくる。

吉澤　この前渡した写真、見てくれた？

鈴谷　写真て？

吉澤　お見合い写真だよ。で、日にちはいつにする？

鈴谷　ですから、それはこの前、お断りしたはずです。

吉澤　違う、違う。君は断ろうとしたけど、私はとにかく会うだけ会ってくれって言ったんだ。先方にはもう会うって伝えちゃったよ。

鈴谷　そんな勝手な。

吉澤　一緒に食事するだけだよ。一時間も我慢すれば、終わる、後は、私が適当に理由をつけて、断っておくから。

鈴谷　本当ですね？

吉澤　医師に二言はない。で、日にちは？

鈴谷　じゃ、今度の土曜日に。

吉澤が去る。

4

鈴谷　あっという間に四日が過ぎて、今日は土曜日。お見合いの場所は、元町の中華街にあるレストラン。やってきたのは、吉澤先生とその奥様、そして、野方耕市さん。私は何だか申し訳なくて、目を合わせることができませんでした。だから、ひたすら料理を食べ続けました。きっと、「よく食う女だな」と呆れられたと思います。そして、食事の後。

吉澤・武子・野方がやってきて、ソファーに座る。鈴谷も座る。

武子　（鈴谷に）で、式はいつにします？
鈴谷　は？
武子　耕市さんも、もう三十八ですからね。あんまりのんびりはしていられないんですよ。（吉澤に）今、七月よね？（鈴谷に）じゃ、十月あたりがいいんじゃない？　紅葉の季節だし。
吉澤　結婚式と紅葉と、何の関係があるんだ？
武子　バカね。新婚旅行で、紅葉狩りができるじゃない。（鈴谷に）私はカナダをお勧めするわ。メープル街道、ローレンシャン高原、ナイアガラの滝。こうして口にしただけで、あの美

鈴谷　しさが蘇ってきて、目眩がしちゃう。鈴谷さん、カナダへ行ったことは？
武子　ありません。でも、その前に、私はまだ結婚するなんて――
野方　あら、いやだ。返事はまた後日ってこと？　私はあんまり焦らすのはどうかと思うわ。耕市さん、こう見えても、意外と短気だし。
武子　いや、僕はいつでも――
（鈴谷に）でもね、私はこんなにいいお話、なかなかないと思うの。耕市さんたら、一人息子のくせに、医者にならないで、エンジニアになっちゃったじゃない？　このままじゃ、野方医院はお父さんの代でおしまいよ。でも、鈴谷さんがお嫁に来てくれたら、跡継ぎができるわけだし、鈴谷さんだって、医者が続けられる。何から何まで、いいことづくめじゃない。
鈴谷　でも、大学を離れたら、今やってる研究が――
武子　研究なんて、男の人に任せておけばいいのよ。あなたがどんなに頑張ったところで、ノーベル賞は取れないでしょう？
鈴谷　それはそうかもしれませんけど――
武子　女の勲章は、やっぱり家庭よ。幸せな家庭を築くこと。夫を支えて、子供を育てて。日本の女はみんな、山内一豊の妻を目指すべきよ。
吉澤　全く、君の言う通りだな。じゃ、僕らはそろそろ席を外そうか。
武子　そうね。後は若い人だけで、話をしてもらいましょう。でも、最後に一言だけ言わせて。鈴谷さん、カナダは最高よ。

吉澤・武子が去る。鈴谷・野方が立ち上がり、歩き出す。

野方　あの人、昔からああなんですよ。でも、本人に悪気は全くないんです。だから、余計に迷惑なんですが。

鈴谷　あの——

野方　いや、その先は言わないでください。答えはもうわかってますから。

鈴谷　すみません。

野方　謝ることないですよ。まだ結婚なんて考えられないんでしょう？　だったら、僕もきっぱりと諦めます。でも、せっかくこうして知り合いになれたんだ。良かったら、少し話をしていきませんか。

鈴谷　喜んで、と言いたいところですけど、私、エンジニアの方とお話をするのは初めてで、一体何を話せばいいのか。

野方　エンジニアなんて、大工と同じです。大工は家を作り、エンジニアは機械を作る。違いは、材料が木材か金属かってことだけで。

鈴谷　機械って、どんなものを？

野方　いろいろ作りましたよ。僕がいるＰ・フレックって会社は、住島重工の下請けなんですが、新製品の研究開発が主な仕事で。時にはＳＦに出てくるような機械も作りました。

鈴谷　ＳＦって、たとえばタイムマシンとか？

野方　へえ、鈴谷さん、タイムマシンに興味があるんですか？
鈴谷　それほど詳しくはないんですけど、子供の頃から好きな小説があって。ロバート・F・ヤングの『たんぽぽ娘』って話なんですけど。
野方　渋いなあ。普通、タイムマシンて言ったら、『バック・トゥー・ザ・フューチャー』とか『ドラえもん』とか出てきますよ。それがよりによって、『たんぽぽ娘』とは。
鈴谷　たまたま、人に勧められて読んだだけで。でも、現実にはあり得ないですよね。
野方　そんなことはないですよ。実を言うと、僕も作ったんです。タイムマシンを。
鈴谷　まさか。
野方　いやいや、本当なんです。残念ながら、一昨年、開発が中止になりましてね。今は倉庫で眠ってます。名前は、クロノス・ジョウンターっていうんですが。
鈴谷　クロノス・ジョウンター？
野方　物質を過去へ飛ばす機械です。
鈴谷　その機械は人間も飛ばせるんですか？
野方　もちろんです。
鈴谷　好きな時代へ行けるんですか？　戦国時代とか幕末とか。
野方　それはさすがに無理ですが、十年前だったら楽勝です。ただし、反作用がありますが。
鈴谷　反作用って？
野方　（ポケットからシャープペンを取り出して）ここが今、つまり、二〇一〇年だとしましょう。あなたはここからクロノスに乗って、過去へ飛ぶ。十年前の二〇〇〇年へ。問題はそ

鈴谷　の後です。一定の時間が過ぎると、あなたは未来へ弾き飛ばされてしまう。現在を通り越して、はるかな未来へ。
野方　でも、過去へは間違いなく行けるんですね？
鈴谷　ええ。実際、もう何人も行ってますし。
野方　行けるのは十年前までですか？　たとえば、十九年前は？
鈴谷　行けますよ。最初の頃はマイナス三年が限界だったんですけど、今ならマイナス二十年ぐらいまでは――
野方　今なら？　でも、クロノス・ジョウンターの開発は一昨年、中止になったんですよね？
鈴谷　すみません。この話はもう終わりにしましょう。
野方　どうしてですか？　もしかして、何か後ろめたいことでも？
鈴谷　いや、別に後ろめたいことなんて……。
野方　たとえば、会社に隠れて、今でも開発を続けているとか。
鈴谷　……誰にも言わないって約束してくれますか？
野方　喜んで。
鈴谷　あなたのご推察通りです。開発は中止になったけど、僕にはどうしても諦められなくて。週に一度は倉庫へ行って、いろいろ手を加えてるんです。
野方　それで、二十年前まで行けるようになったんですね？
鈴谷　過去にいられる時間もかなり長くなりました。
野方　どれぐらい？

野方　最初に行った吹原って男は、十分程度しかいられなかった。そこで新たに、パーソナル・ボグって機械を作ったんです。こいつを腕に巻いていけば、もっと長い時間、向こうにいられる。

鈴谷　具体的には何時間ですか？

野方　保証はできませんが、五十時間ぐらいなら。

鈴谷　ビンゴ！

野方　ビンゴ？

鈴谷　野方さん、お願いがあります。

野方　駄目です。

鈴谷　返事は、話を聞いてからにしてください。

野方　聞かなくても、わかってます。クロノスに乗せろっていうんでしょう？　答えは絶対にノーです。たとえいかなる理由があろうとも。

鈴谷　それでも、行かなければならないんです。私が医者になったのは、きっとこの日のためだったんです。この日のために、十九年、生きてきたんです。

野方　十九年？

鈴谷　十九年前の夏、私は十一歳でした。小児性結核で、横浜大学付属病院に入院していました。両親は共働きだったので、お見舞いに来てくれるのは夜だけ。だから、昼間はいつも独りぼっち。そんな私を慰めてくれたのは、同じ入院患者の男の人。私はヒー兄ちゃんと呼んでいました。

十一歳の樹里がソファーに座っている。青木がやってくる。二人が話し始める。十一歳の樹里が笑う。

青木も笑う。鈴谷・野方が去る。青木・十一歳の樹里も去る。

5

吉本がやってくる。ノートパソコンを机の上に置く。野方・鈴谷がやってくる。鈴谷の手にはデイパック。

野方　鈴谷さん、紹介します。僕の後輩で、開発二課の課長をしている、吉本です。
吉本　（鈴谷に）初めまして。
野方　クロノスを動かすには、いろいろと準備が必要でしてね。今日は無理を言って、手伝いに来てもらったんです。

鈴谷　（吉本に）鈴谷です。よろしくお願いします。
吉本　誤解のないように言っておきますけど、僕は、あなたが過去へ行くことには反対です。できれば、止めてほしい。

野方　その話はもういいだろう。
吉本　良くないです。（鈴谷に）あなたは、十九年前に亡くなった人を助けに行くんですよね？　それはつまり、歴史を変えるということです。それがどんなに危険な行為か、本当にわかってるんですか？

野方　その話は、口が酸っぱくなるほどしたんだ。でも、この人の気持ちは変わらなかった。それどころか、行かせてくれないなら、俺がここでしてることを社長にバラすって。

吉本　それは、先に口を滑らせた野方さんが悪い。

野方　ああ。俺もそう思う。で、チェックは完了したのか？

吉本　いいえ、まだ途中です。

野方　じゃ、続きを頼む。鈴谷さん、お見せしましょう。これがクロノスです。

野方がノートパソコンを開いて、キーを叩く。格子が開いて、奥の機械が姿を現す。

鈴谷　驚きました。こんなに大きいなんて。

野方　鈴谷さん、あなたは十九年前へ行った後、その反作用で、未来へ弾き飛ばされます。僕の計算が正しければ、三十九年後。つまり、今から二十年先の未来です。二十年の間には、いろんなことが起こる。中には、亡くなる人だっているかもしれない。

鈴谷　覚悟はできてます。

野方　ご両親には何て言ってきたんです。

鈴谷　私の両親は、私が小学校六年の時に離婚したんです。私と弟は父に引き取られました。母とはそれ以来会ってません。父は十年前に再婚したんですが、相手は私と五つしか違わない人で、何だか馴染めなくて。大学に進学した時に家を出て以来、あまり連絡を取ってません。

野方　それじゃ、ご両親には何も言わずに？
鈴谷　弟には言いました。そうしたら、「姉さんの好きなようにすればいい」って。二十年経ったら、弟は四十五歳。私より、十五も年上になるんですよ。未来に着いたら、会いに行ってみようかな。どんな顔をするか、楽しみです。
吉本　でも、ご両親は？　下手をしたら、二度と会えなくなるんですよ。
野方　吉本、やめろ。
吉本　でも、野方さん、この人がしようとしてることは、要するに、両親を捨てるってことなんですよ。
野方　そうじゃない。鈴谷さんはただ、好きな人を助けに行きたいだけなんだ。
吉本　しかし――
野方　（ポケットからシャープペンを取り出し）これは何だと思う。
吉本　シャープペンでしょう。
野方　ただのシャープペンじゃない。俺が高校時代に片思いしていた女の子に借りたまま、いまだに返してないシャープペンだ。美術部の夏川って子だったけど、かわいいくせに気が強くて、だから、しょっちゅう喧嘩してた。おかげで最後まで言えなかったんだ。好きだって。
吉本　僕は言わなくて正解だったと思います。
野方　ああ、俺もそう思う。でもな、俺にはやっぱり彼女が忘れられない。おまえにだって、そういう人がいるんじゃないのか？　もしいるなら、鈴谷さんの気持ち、きっとわかるはず

鈴谷　だ。（小型の機械を差し出して）鈴谷さん、これがパーソナル・ボグです。手首に巻いてみてください。

野方　（受け取って、手首に巻いて）こうですか？

鈴谷　ええ。向こうに着いたら、すぐにこのスイッチを押してください。エネルギーの残量は、このメモリーに表示されます。黒い線が全部で十本。この線がすべて消えたら、あなたは未来へ弾き飛ばされます。

野方　わかりました。

鈴谷　荷物はそれだけですか？

野方　ええ。このデイパックの中に、白衣とアンプルが九本入ってます。

鈴谷　絶対に落とさないでください。あなたの手から離れた瞬間に、消えてしまいますから。

吉本　野方さん、チェックが完了しました。

野方　よし、次はデータの入力だ。目標地点は、横浜大学付属病院の駐車場。目標時刻は、一九九一年八月四日午後一時。

吉本　（キーを叩いて）入力完了。

野方　（鈴谷に）それじゃ、セルへ行きましょう。

野方と鈴谷がクロノス・ジョウンターに乗る。

野方　青木比呂志さんでしたよね？　必ず助けてやってください。

鈴谷　はい。
野方　未来へ弾き飛ばされたら、すぐに連絡してください。私にできるだけのことはしますから。
鈴谷　野方さん、いろいろありがとうございました。
野方　行ってらっしゃい。
鈴谷　行ってきます。

鈴谷がクロノス・ジョウンターの中に入る。野方が吉本に近づく。

野方　吉本、カウントダウンだ。
吉本　五、四、三、二、一。（とキーを叩く）

クロノス・ジョウンターが眩しく光り、轟音を発し、煙を吹き出す。野方・吉本が去る。鈴谷が機械から出てきて、倒れる。格子が閉じる。

鈴谷　（体を起こして）目を開けると、改築前の、横浜大学附属病院が見えました。改築されたのは、十五年も前。間違いない。私はとうとう過去へやってきたのです。少なくとも、十五年以上前に。私はすぐに、パーソナル・ボグのスイッチを押しました。その時、気がついたのです。デイパックが濡れていることに。私は過去に到着すると同時に、地面に倒れたのです。デイパックを下にして。恐る恐る中を確かめてみると、九本あったアンプルの

うち、五本が割れていた。残りは四本。ヒー兄ちゃんの治療に必要なのは三本。ギリギリセーフでした。私は急いで玄関に向かいました。ヒー兄ちゃん！

鈴谷が走り去る。

6

吉澤がやってくる。後から、古谷がやってくる。

古谷　吉澤先生、昨日はどうも。サナダ薬品の古谷です。
吉澤　ああ、古谷さん。僕はこれから会議なんですよ。
古谷　いやいや、お時間は取らせません。先生、昨日、テレビゲームがお好きだって仰ったでしょう？　知り合いに頼んで、手に入れたんですよ。パイオツ・ハザード。（とゲームソフトを差し出す）
吉澤　（受け取って）え？　これ、もらっちゃっていいんですか？
古谷　どうぞどうぞ。それで、ついでと言ってはなんですが、うちの会社のカタログを見ていただけませんか？　三十分で結構ですから。
吉澤　悪いけど、会議があるんで。これはありがたく頂戴しておきます。じゃ。
古谷　吉澤先生！

吉澤が去る。反対側から、鈴谷がやってくる。白衣を着ている。

鈴谷　あなた、古谷さんですよね？
古谷　そうです。えーと、何科の先生でしたっけ？
鈴谷　私はここの医者じゃないんです。
古谷　じゃ、検査技師さん？
鈴谷　違います。医者は医者なんですけど、今日は知り合いに会いに来ただけで。つかぬことをお聞きしますけど、今日は何月何日でしたっけ？
古谷　八月四日ですよ。
鈴谷　何年の？
古谷　一九九一年ですよ。
鈴谷　そうですか。ありがとうございました。（と歩き出す）

古谷が去る。

鈴谷　野方さん、吉本さん、ありがとう！　私はすぐにエレベーターに向かいました。エレベーターの手前は談話室。あの夏、ヒー兄ちゃんと毎日、おしゃべりした場所です。思わず足を止めると、そこに私が座っていました。十一歳の私が。

十一歳の樹里がソファーに座っている。

鈴谷　ヒー兄ちゃんが倒れたのは、八月三日。つまり、昨日です。十一歳の私は、ヒー兄ちゃんが来るのを、ただひたすら待ってる。目を真っ赤にして、奥歯を噛みしめて。二度とヒー兄ちゃんに会えないかもしれない。そんな不安と必死で戦いながら。

十一歳の樹里　（鈴谷を見る）

鈴谷　大丈夫よ。ヒー兄ちゃんは、私が必ず助けてあげる。私はエレベーターに乗って、七階に上がりました。七一一号室は廊下の突き当たり。私はそっとドアを開けました。幸い、医師や看護師の姿はありません。ベッドで若い男性が寝ています。ヒー兄ちゃんでした。

鈴谷がベッドに近づく。青木がベッドで寝ている。

鈴谷　こんにちは、青木さん。

青木　あなたは？

鈴谷　鈴谷と言います。あなたの病気を治すために、遠い所からやってきたんです。

青木　吉澤先生に頼まれたんですか？

鈴谷　吉澤先生？　あなたの担当は吉澤先生だったの？

青木　そうですよ。知らなかったんですか？

鈴谷　ええ。私は、私の意思でここに来たんです。あなたを助けるために。

青木　僕を助けるために？

鈴谷　でも、その前にお願いがあります。医療は、医者と患者の間に、信頼関係がなければ成立しない。あなたが私を信じてくれなければ、何もできないの。だから、私を信じてほしい。
青木　いきなりこんなことを言われても、困るかもしれない。でも、信じてほしいの。
鈴谷　お気持ちはありがたいけど、もう何をしても、手遅れなんじゃないかな。
青木　そんなことはありません。
鈴谷　僕の病気はご存知ですか？
青木　チャナ症候群ですよね？
鈴谷　ここに入院して、もう半年も経ちます。最初の頃は体がだるいだけだったのに、今は立ち上がるのも辛い。どんなに鈍いヤツだって、気がつきますよ。もう長くないって。
鈴谷　いいえ、まだ助かる方法はあります。青木さん、よく聞いて。私はここに、チャナ症候群を治せる薬を持ってるの。
青木　本当ですか？
鈴谷　この薬は、つい最近、アメリカの大学で開発されたものです。国内の認可はまだ下りてないけど、効果は私がこの目で確認しています。
青木　でも、吉澤先生はそんなこと、一言も。
鈴谷　吉澤先生はまだご存知ないのよ。ただし、この薬には副作用があります。高熱が出て、中には難聴になった人もいるの。
青木　でも、命は助かるんですよね？
鈴谷　ええ。

青木　そんな凄い薬をどうして僕に？　僕らは前にどこかで会ってるんですか？
鈴谷　そうよ。だから、あなたを助けに来たの。どう？　私を信じてくれる？
青木　わかりました。信じます。
鈴谷　ありがとう。でも、その前に、もう一つお願いがあるの。私を、あなたの親戚ってことにしてくれないかしら。母方の従姉で、今はアメリカの大学に留学してるってことに。
青木　別に構いませんけど、どうして？

水村がやってくる。

水村　あら、あなたは？
青木　僕の親戚です。母方の従姉で、今はアメリカの大学に留学してるんです。（鈴谷に）これで間違いないですよね？
鈴谷　私に聞かないで。
水村　青木さんは今、面会謝絶なんですよ。たとえご親戚の方でも、担当医の許可を得ていただかないと。
鈴谷　吉澤先生は今、どちらに？
水村　医局にいると思いますけど、それが何か？
鈴谷　すぐにお会いしたいんです。この人の治療法について、ご相談したいことがあるので。
水村　失礼ですけど、お医者様ですか？

鈴谷　ええ。鈴谷と申します。
水村　わかりました。すぐにご案内します。
鈴谷　よろしくお願いします。比呂志君、行ってくるね。

鈴谷・水村がソファーへ行く。吉澤がソファーに座っている。

吉澤　初めまして、吉澤です。
鈴谷　鈴谷です。でも、私はあんまり初めてって気がしないんですよ。吉澤先生のことは、野方さんからいろいろ聞いてるんで。
吉澤　野方さんて、野方医院の？
鈴谷　そうです。私の父は高校で教師をしてまして、野方さんはその教え子なんですよ。家にもしょっちゅう遊びに来て。私も子供の頃から可愛がってもらってます。私が医師になる時も、いろいろ相談に乗ってもらって。私の人生の恩人と言ってもいい人です。
吉澤　奇遇だな。私の人生の恩人も、野方さんなんですよ。それで、私に相談したいことっていうのは？
鈴谷　比呂志君の治療法についてです。今現在は、どのような処置を？
吉澤　抗生物質だけです。彼はチャナ症候群の末期でして。正直言って、いつ容態が悪化してもおかしくない状態です。
鈴谷　吉澤先生、無理を承知で、お願いがあります。私は今、アメリカの大学に留学してるんですが、その大学でつい先日、チャナ症候群の特効薬が開発されたんです。その薬を、比呂志君に投与させてほしいんです。

吉澤　そのために、アメリカから？

鈴谷　そうです。先程、本人の同意は得ました。後は、吉澤先生の許可だけなんです。

吉澤　私にできることは、もう何もない。青木さん本人が望んでいるなら、私に止める権利はありませんよ。

鈴谷　ありがとうございます。

吉澤　それで、その薬っていうのは？

鈴谷　今、ここに持ってます。申し訳ありませんが、注射器を貸してもらえませんか？

吉澤　あなたが自分で射つんですか？

鈴谷　時間がないんです。

吉澤　そのために、白衣を着てきたんですか。いいでしょう。今、水村さんに用意してもらいます。

吉澤が去る。

7

鈴谷がベッドに近づく。青木がベッドで寝ている。水村がやってくる。注射器を載せたトレーを持っている。

鈴谷　私はすぐにヒー兄ちゃんの病室へ戻って、シュワルナゼリン二〇〇の一回目の投与を行いました。その時、時計は午後二時。この時代に着いてから、既に一時間が経過していました。

鈴谷が注射する。

水村　注射、お上手ですね。
鈴谷　そうですか？
水村　ごめんなさい。私、今まで鈴谷先生のこと、疑ってたんです。だって、いきなり白衣で現れて、自分で治療させろなんて言い出すから。もしかしてニセ医者かもしれないって。
鈴谷　疑いは晴れたんですか？

水村　ええ。注射器の扱いを見て、すぐにわかりました。あなたはベテランのお医者さんです。

青木　しかも、患者思いの。

鈴谷　お話し中、失礼します。何だか、寒気がしてきました。

青木　熱が出てきたのね。（水村に）この薬の副作用なんです。四〇度近くまで上がるかもしれません。その時は、解熱剤をお願いします。

水村　わかりました。

鈴谷　二回目の投与は、十六時間後。明日の午前六時です。（青木に）それまで頑張って。

青木　はい。

水村が去る。

鈴谷　熱は四〇度三分まで上がりました。直ちに解熱剤を使いましたが、なかなか下がらない。私は必死でヒー兄ちゃんを励まし続けました。熱が下がったのは、それから四時間後。ヒー兄ちゃんが眠りに就いたのを見て、私は廊下へ出ました。大きく伸びをしていると。

鈴谷がベッドから離れて、伸びをする。古谷がやってくる。

古谷　へえ、あなた、この病室の人とお知り合いだったんですか。

鈴谷　ええ、まあ。

古谷　つかぬことをお聞きしますけど、どうして私の名前をご存知なんですか？
鈴谷　それは、吉澤先生に聞いたんですよ。古谷さんにはいつもお世話になってるって。
古谷　よく言うよ。何度会いに行っても、忙しいって逃げるくせに。
鈴谷　え？　それじゃ、吉澤先生とはまだ親しくなってないんですか？
古谷　なれるわけないじゃないですか。私が横浜に来たのは、先月ですよ。先月、うちの会社が横浜営業所を作って、私がそこの所長になったんです。所員は私一人ですけど。
鈴谷　じゃ、まだ売り込みを始めたばかり？
古谷　ええ。でも、一カ月通って、成果はゼロ。このままじゃ、横浜営業所は閉鎖、私はクビです。
鈴谷　それは困ります。
古谷　どうしてあなたが困るんですか？
鈴谷　私じゃなくて、将来、ここで働く医師が困るんです。あなたがクビになったら、新薬の情報が手に入れられなくなる。
古谷　そんなの、私には関係ありませんよ。
鈴谷　古谷さん、駅前に野方医院ていうのがあるの、ご存知ですか？
古谷　あそこは、横浜に来て、すぐに行きましたよ。院長先生がとても気さくな人でね。転勤の御祝儀だって、いろいろ買ってくれました。
鈴谷　その野方先生に、お願いするんです。吉澤先生を紹介してくれって。
古谷　え？　あの二人、知り合いなんですか？

鈴谷　野方先生は、吉澤先生の大学時代の指導医なんです。野方先生が言ったことには、絶対に逆らえないんです。
古谷　そうだったんですか。わかりました。今から、野方医院へ行ってみます。
鈴谷　頑張って。
古谷　あなたは、私の人生の恩人です。このご恩は一生、忘れません。

吉澤がやってくる。

吉澤　古谷さん、まだ帰ってなかったんですか？　僕はそちらの方と話があるんですよ。申し訳ないけど、席を外してもらえませんか。
古谷　喜んで。

古谷が去る。

吉澤　何だ、あの人？
鈴谷　ちょっと変わってるけど、いい人ですよ。私は、サナダ薬品をお勧めします。
吉澤　あなた、古谷さんをご存知なんですか？　いや、古谷さんのことはどうでもいい。ついさっき、野方さんに電話したんですけどね。鈴谷なんて人は知らないって言うんですよ。
鈴谷　まさか。

吉澤　いや、本当です。高校時代にお世話になったのは、梶尾って先生だって。
鈴谷　それ、私の旧姓です。元々は梶尾で、結婚して、鈴谷になったんです。
吉澤　なんだ、そういうことだったんですか。一瞬、あなたのことを疑ってしまいましたよ。いやいや、失礼しました。

吉澤が去る。十一歳の樹里がやってくる。

鈴谷　駄目よ。青木さんは面会謝絶なのよ。
十一歳の樹里　私……。
鈴谷　振り返ったのは、十一歳の私でした。
十一歳の樹里　私、ヒー兄ちゃんから、たんぽぽ娘の話の最後を聞いてないんです。
鈴谷　たんぽぽ娘……。
十一歳の樹里　だから、会わなくちゃいけないんです。
鈴谷　なんてことでしょう。あの日、私がヒー兄ちゃんの病室に入るのを止めたのは、私だったんです。看護婦だとばかり思っていたけど、それは私が白衣を着ていたから。
十一歳の樹里　……。
鈴谷　あなたの気持ちはよくわかるわ。でも、これは、青木さんの体を考えてのことなの。青木さんはチャナ症候群ていう病気なのよ。とても重い病気で、他の人と話ができる状態じゃないの。

十一歳の樹里　でも……。

鈴谷　用件は、私が責任を持って伝えるから。

十一歳の樹里　じゃ、看護婦さん、約束してください。ヒー兄ちゃんを必ず元気にするって。お願いします。

鈴谷　残念だけど、それは無理よ。もちろん、私たちにできることは精一杯やります。でも、それで青木さんが助かるかどうかはわからない。未来は誰にもわからないの。

十一歳の樹里が去る。

鈴谷　ごめんなさい。私は、とぼとぼと歩いていく私の背中に向かって、頭を下げました。あなたの気持ちは痛いほどわかる。でも、今、あなたをヒー兄ちゃんに会わせるわけにはいかないの。

鈴谷がベッドに近づく。

鈴谷　気分はどう？

青木　大分楽になってきました。

鈴谷　耳は？　聞こえにくくなってない？

青木　いいえ。注射を打たれる前と変わりません。今、病室の前に、樹里ちゃんが来てたでしょ

鈴谷　う？　あの子と先生の話し声も、よく聞こえました。
青木　それは盗み聞きって言うのよ。
鈴谷　ごめんなさい。
青木　でも、良かった。今晩、ぐっすり眠れば、熱も下がると思う。明日の朝は早いから、もう寝た方がいいわ。
鈴谷　わかりました。でも、その前に一つだけ聞きたいことがあるんです。先生は、樹里ちゃんの親戚じゃないですか？
青木　どうしてそう思うの？
鈴谷　だって、顔が似てるから。口元なんかそっくりですよ。
青木　残念でした。ハズレです。
鈴谷　そうか。じゃ、あなたは一体誰なんだろう。
青木　悪いけど、言えないの。
鈴谷　いいですよ、言わなくて。思い出せない、僕が悪いんだから。でも、あなたの顔を見てると、何だか懐かしい人に再会できたような気がしてくるんです。心がとても素直になって、とても落ち着くんです。
青木　ありがとう。医師にとっては最高の褒め言葉だわ。
鈴谷　僕の病気が治ったら、すぐにアメリカへ戻るんですか？
青木　ええ。あと二回、注射をしたら。
鈴谷　そうですか。だったら、アメリカまでお礼を言いに行きます。

鈴谷　いいのよ、お礼なんて。

青木　アメリカに、あなたを待っている人がいるんですか?

鈴谷　いいえ。私は独身よ。恋人もいない。

青木　良かった。笑われるかもしれないけど、先生に会った瞬間、この人はいい人だって、わかった。話をしているうちに、どんどん好きになった。でも、先生から見たら、僕なんか、男のうちに入らないんでしょうね。僕に対して、凄く距離を取ろうとしてるし。でも、別に構わない。僕は先生が好きです。

8

水村がやってくる。注射器を載せたトレーを持っている。鈴谷が注射する。

鈴谷 翌日の午前六時、二回目の投与。今度も三十九度二分まで熱が上がったので、再び解熱剤を使いました。十時過ぎには微熱程度まで下がり、ヒー兄ちゃんに笑顔が戻りました。昼休み、吉澤先生が病室にやってきました。

吉澤がやってくる。鈴谷が吉澤にカルテを渡す。

吉澤 （カルテを読みながら）驚いたなあ。たったの一日で、ここまで回復するとは。まるで、奇跡だ。

鈴谷 そんなに大袈裟なものじゃないですよ。この薬には、それだけの力があるんです。

水村 私は薬のせいだけじゃないと思います。（吉澤に）鈴谷先生ったら、昨夜は一睡もしてないんですよ。一晩中、青木さんに付き添ってたんです。

鈴谷 いつ熱が出るか、わからないから。

吉澤　しかし、ここまで来れば、もう大丈夫でしょう。

鈴谷　いいえ、三回目の投与が終わって、さらに十六時間は経過を見ないと。体温が安定するまでは、油断できません。

吉澤　そうですか。しかし、あんまり根をつめ過ぎないでくださいよ。青木さんが回復するかわりに、鈴谷さんが倒れたら、笑うに笑えない。

水村　（鈴谷に）そうですよ。後は私に任せて、しばらく横になってください。

鈴谷　ありがとうございます。じゃ、お言葉に甘えて。

吉澤・水村が去る。

鈴谷　ヒー兄ちゃんの経過が良好で、やっと余裕が出たのでしょう。私はパーソナル・ボグのことを思い出しました。メモリーを見ると、エネルギーの残量を示す黒い線は、三本しかなかった。この時代に来てから、まだ二十四時間しか経ってないのに、もう七本も消えてしまった。下手をしたら、三回目の投与まで、もたないかもしれない……。

青木がベッドから立ち上がる。

鈴谷　どうしたの、青木さん。

青木　ちょっと外へ出てきます。

鈴谷　バカなことを言わないで。まだ起き上がるのは無理よ。
青木　樹里ちゃんに会いに行きたいんです。あの子とは、毎日、談話室でおしゃべりをすることになってましてね。昨日は具合が悪くて行けなかったでしょう？　それで、ここまで会いに来てくれたんですよ。今日も僕のこと、待ってるだろうし。

鈴谷　駄目。あの子には会わないで。
青木　どうしてですか？
鈴谷　どうしてもよ。
青木　わからないなあ。僕が樹里ちゃんに会うと、何かまずいことでもあるんですか？
鈴谷　そうよ。
青木　だったら、ちゃんと説明してください。説明してくれないなら、僕は行きますよ。（と歩き出す）

鈴谷　あなたと会ったら、あの子の人生は変わってしまうの。
青木　え？
鈴谷　あなたが助かったことを知ったら、あの子はきっと喜ぶわ。でも、そのかわりに、医者になろうとは思わなくなる。あの子が医者にならなければ、私はここに来られなくなる。

青木　もっとわかるように説明してください。あなたは、あの子とどういう関係なんですか？
鈴谷　言っても、信じてもらえないと思う。
青木　教えてください。あなたは一体誰なんですか？
鈴谷　……一昨日はウサギを見たわ。昨日はシカ。そして、今日はあなた。

青木　たんぽぽ娘……。まさか！

鈴谷　あなたは、私と同じ名前だって言ったわ。

青木　信じられない。君は、樹里ちゃんなのか？

鈴谷　（頷く）

青木　でも、どうやって未来から？　一体何のために……。

鈴谷　ヒー兄ちゃんは、私が子供の時に死んじゃったの。私、ヒー兄ちゃんが大好きだったの。だから、助けに来たの。（と泣き出す）

青木　そうか。未来で、医者になったんだね。頑張ったんだね、僕を助けるために。ありがとう。

（と鈴谷を抱き締める）

（青木から離れて）駄目。

青木　どうして？

鈴谷　私がここにいられるのは、今日まで。明日になったら、未来へ弾き飛ばされるの。

青木　元の時代に戻るのか？

鈴谷　そうじゃない。もっと先の未来へ行くの。

青木　行かなくていい。ずっとここにいればいいじゃないか。

鈴谷　それは無理なの。私には最初からわかってた。わかった上で、ここに来たの。クロノス・ジョウンターに乗って。

青木　クロノス・ジョウンター？

鈴谷　私はヒー兄ちゃんにすべてを話しました。そして、談話室へ行きました。

青木　ちょっと待って。これを樹里ちゃんに渡してくれないか。たんぽぽ娘の続き、知りたがってたから。（と本を渡す）

鈴谷がソファーに近づく。十一歳の樹里がソファーに座っている。

鈴谷　青木比呂志さんが、今朝、亡くなられました。これは、鈴谷樹里さんに渡してくださいって残されたものです。（と本を差し出す）

十一歳の樹里　（本を受け取る）

鈴谷　力になれなくて、ごめんなさい。

十一歳の樹里　嘘つき！　嘘つき！

十一歳の樹里が走り去る。

鈴谷　三回目の投与まで、あと八時間。その間、私はヒー兄ちゃんと過ごしました。十一歳から今日までに経験した出来事を、できるだけ詳しく話しました。両親の離婚、受験勉強、独り暮らし、国家試験、医師としての生活。二度と会えなくなると思うと、一秒も無駄にできなかった。でも、時計の針が八時を回ると。

鈴谷がベッドに近づく。と、よろめく。青木がベッドから立ち上がり、鈴谷を支える。

青木　どうしたの、樹里ちゃん？
鈴谷　ちょっと目眩がして。
青木　ずっと寝てないからだよ。ここで少し横になったら？
鈴谷　パーソナル・ボグを見ると、黒い線はたったの一本。しかも、チカチカ点滅していました。
青木　どういうこと？　まだ三十時間しか経ってないのに。
鈴谷　その線が消えたら、どうなるの？
青木　私は未来へ弾き飛ばされる。
鈴谷　そんな……。
青木　ちょっと早いけど、三回目の注射を打つね。（とアンプルを取り出して）嘘！
鈴谷　どうした？
青木　中身が減ってる。三分の二になってる。
鈴谷　蒸発したってことはないよね？
青木　それはあり得ない。たぶん、少しずつ、未来へ弾き飛ばされたんじゃないかな。でも、まだ一本残ってる。（とアンプルを取り出し、注射の準備をする）
鈴谷　また会えるよね？
青木　わからない。
鈴谷　でも、君が弾き飛ばされるのは、三十九年先の未来だろう？　その時、僕はまだ六十六歳だ。きっとまだ生きてる。

鈴谷　そうね。
青木　僕は誰とも結婚しない。君が来るのを待ってる。
鈴谷　そんなことしないで。私のことは忘れて、幸せになって。
青木　でも、君はどうなる？　三十九年先の未来で、どうやって生きていくんだ？
鈴谷　野方さんに会いに行く。相談に乗るって言ってくれたから。
青木　やっぱり、僕は君を待つ。君は僕を助けるために、ここまで来てくれた。僕にできる恩返しは、待つことだけなんだ。
鈴谷　恩返しなんて、しなくていい。そのかわり、お願いがあるの。
青木　何だい？
鈴谷　小説家になって。たんぽぽ娘みたいな素敵なお話をたくさん書いて。そうだ。まずは、『足すくみ谷の巫女』から。
青木　覚えてたのか。
鈴谷　忘れるわけないじゃない。大好きな人が、私のために作ってくれたお話だもの。
青木　約束するよ。僕は必ず小説家になる。

吉澤・水村がやってくる。

吉澤　鈴谷さん、今すぐ、医局に来てくれませんか。
鈴谷　すみません。これから、三回目の投与をするところなんですよ。

水村　三回目は、午後十時のはずですけど。
鈴谷　わかってます。でも、経過がいいので、少し早めることにしたんです。
吉澤　注射は水村さんにやってもらいます。さあ、医局へ。（と鈴谷の肩をつかむ）
鈴谷　（吉澤の手を振り払って）放してください。
吉澤　だったら、話はここでしましょう。さっき、野方さんから電話がありましてね。サナダ薬品の古谷さんの件だったんですが、まあ、古谷さんのことはどうでもいい。話のついでに、あなたのことを聞いたんですよ。そうしたら、梶尾先生に娘はいない。息子だけだって言うんです。
鈴谷　ごめんなさい。私は嘘をついていました。
吉澤　なぜ嘘をついたんです。あなたは一体何者なんです。
鈴谷　全部正直に話します。でも、その前に、この注射をさせてください。
吉澤　いや、注射は話の後だ。
鈴谷　お願いします。もう時間がないんです。

鈴谷がよろめき、跪く。

青木　樹里ちゃん！（と鈴谷に駆け寄り、抱き起こす）
鈴谷　風が。
青木　風？

鈴谷　お願い。私の体を放さないで。
青木　わかった。（と鈴谷の腕をつかむ）
鈴谷　ジッとしてて。注射するから。
吉澤　やめなさい、鈴谷さん。（と鈴谷の肩をつかむ）
青木　（吉澤の手を振り払って）放せ！
吉澤　何をするんだ、青木さん。
青木　この人は、僕を助けに来たんだ。遠い所から、命懸けで。
吉澤　ここは病院だ。素性のはっきりしない人間に、医療行為をさせるわけには行かない。
水村　この人は医者です。間違いありません。
吉澤　水村さんまで、何を言うんです。
水村　鈴谷先生、さあ。

鈴谷が注射する。

鈴谷　オーケイ。これで、私の仕事はおしまい。
青木　樹里ちゃん、ありがとう。
鈴谷　ヒー兄ちゃん、大好きよ。

鈴谷が倒れる。青木・吉澤・水村が去る。

9

鈴谷が体を起こす。

鈴谷　目を開けると、カレンダーが見えました。私はベッドの上で寝ていました。（とベッドに横になって）そこが横浜大学付属病院でないことはすぐにわかりました。もっと小さな病院の、診察室のようでした。カレンダーは九月。二〇四六年の九月でした。私は五十五年も弾き飛ばされてしまった。茫然としてると、野方さん、あなたが部屋に入ってきたんです。

野方がやってくる。七十過ぎで、白髪になっている。

野方　なるほど。あなたもいろいろ大変だったんですね。
鈴谷　ここは、野方さんのお父さんの病院ですか？
野方　ええ。でも、父は十年以上も前に亡くなりましてね。今は、僕の家内が跡を継いでます。あなたには振られちゃったけど、父が別の女医さんを探してきてくれたんです。

鈴谷　あの、私はどうしてここに。

野方　覚えてないいんですか？　あなたは、横須賀の追浜公園に倒れていたんです。ジョギングをしてた人があなたを見つけて、助け起こしたら、「横浜の野方医院へ連れていってくれ」と言ったんです。そして、また気を失ってしまった。

鈴谷　その人がここまで運んでくれたんですね？　後でお礼に行かないと。

野方　私と同じぐらいの、男の人でしたよ。名前は確か、足柄だったかな。

鈴谷　でも、どうして公園なんかに？

野方　そこは、あなたが過去へ出発した場所なんですよ。公園になる前は倉庫があって、中にはクロノスが置いてあった。

鈴谷　それじゃ、私は元の場所に戻ってきたんですね？

野方　場所は合ってたけど、時間は合ってなかった。まさか、五十五年も弾き飛ばされるとは思ってませんでした。

鈴谷　たぶん、私のせいです。パーソナル・ボグのエネルギーがなくなっても、あの時代に止まろうとしたから。でも、たったの三十時間しかいられなかったのは、野方さんの計算ミスですよ。

野方　ごめんなさい。次に過去へ行く時は必ず。と言いたいところですが、うちの会社は二十年以上も前に潰れてしまった。クロノスも処分された。

鈴谷　それじゃ、もうこの世にはないんですか？

野方　いや。奇特な人が引き取ってくれましてね。今は、熊本の科幻博物館という所にあります。

亜由美がやってくる。

亜由美　こんにちは。

野方　鈴谷さん、紹介します。僕の家内の、亜由美です。

鈴谷　（亜由美に）初めまして、鈴谷です。

亜由美　いやだ。私のこと、覚えてないんですか？

鈴谷　ええ。

亜由美　三十六年前、横浜大学付属病院で研修医だった、北田ですよ。

鈴谷　え？　あなた、北田さんなの？　すっかりおばあちゃんになっちゃって。

亜由美　おばあちゃんなんて言わないでください。これでもまだ六十三ですよ。

鈴谷　驚いた。あなたが野方さんの奥さんになってたなんて。

亜由美　鈴谷先生が持ってたお見合い写真で、私、この人に一目惚れしちゃって。それで、吉澤先生にプッシュして、この人のお父さんに会わせてもらったんです。

野方　父は一発で気に入っちゃって。それで、僕も仕方なく。

亜由美　仕方なく？

野方　いやいや、女の人から「好きです」って言われたのは、生まれて初めてだったから。もう、うれしくて、うれしくて。

チャイムの音。

野方　おっ。来たみたいだな。（鈴谷に）ちょっと待っててくださいね。今、連れてきますから。
鈴谷　どなたですか？
野方　それは、後のお楽しみ。

野方が去る。

鈴谷　あの、どなたがいらっしゃったんですか？
亜由美　絶対に言うなって言われてるけど、言っちゃいますね。青木さんですよ。
鈴谷　ヒー兄ちゃんですか？
亜由美　あなたがここに来たら、すぐに知らせてくれって言われてたんです。それで、三十分ほど前に電話したら、もう。
鈴谷　元気なんですか？
亜由美　ええ。仕事の仲間と草野球のチームを作ってるんですけど、青木さんはエースで四番なんです。
鈴谷　でも、今年で八十二歳ですよね？　野球なんかして、大丈夫なんですか？

野方・青木がやってくる。

青木　やあ。
鈴谷　ヒー兄ちゃん、どうして……。
青木　樹里ちゃんが弾き飛ばされた後、僕にも同じことが起こったんだ。僕が着いたのは、四十八年後だったけど。
野方　彼の体の中に入った薬が、未来へ弾き飛ばされたんです。彼の体を伴って。またしても、僕の計算ミスだ。でも、このミスは許してもらえますよね？
鈴谷　もちろん。
青木　二〇三九年に着いて、僕はすぐにここに来た。樹里ちゃんに会えるんじゃないかと思って。でも、君はまだ着いてなかった。だから、待つことにしたんだ。小説を書きながら。
鈴谷　小説家になれたの？
青木　自分でもビックリしたんだけど、処女作で賞をもらうことができた。おかげで、七年の間に、二十冊近くの本が出せた。
亜由美　（鈴谷に）私は全部持ってますよ。私は、『足すくみ谷の巫女』が一番好きです。
野方　そうかい？　僕はやっぱり一作目だな。
青木　（鈴谷に）ほら、これが僕の最初の本だ。（と本を差し出す）
鈴谷　（受け取って）『ミス・ダンデライオン』。
青木　これは君のことだよ。君のことを書いたんだ。
鈴谷　ありがとう、ヒー兄ちゃん。

青木　本当は、君に最初に読んでもらいたかった。僕の最初の読者になってほしかった。

鈴谷　七年も待たせてごめんね。でも、これからはずっとそばにいる。次の小説は、絶対に最初に読む。

青木　お帰り。

鈴谷　ただいま、ヒー兄ちゃん。

〈幕〉

怪傑三太丸

MY GRANDPA IS SANTA CLAUS

成井豊

登場人物

大原松太郎　（日本担当のサンタクロース）
トント　（松太郎の助手・妖精）
みずき　（松太郎の孫娘・中学2年）
竹雄　（松太郎の息子・サラリーマン）
杉恵　（竹雄の妻・主婦）
渚姫　（古浜国の姫君）
小波《さざなみ》　（渚姫の従者）
潮之助　（渚姫の従者）
吹雪御前　（女忍者）
氷次郎　（吹雪御前の部下）
嵐兵衛　（吹雪御前の部下）
野上　（みずきの同級生・中学2年）
有吉先生　（みずきの担任・日本史担当）

1

北極のどこかにある、サンタクロースの国。

奥に大きな窓のある部屋。中央に大きなテーブルが一つ、その周りに椅子が七脚置いてある。壁に大きな世界地図が貼ってある。どうやら、サンタの仕事場らしい。

季節は、夏。

寒い寒い北極にも、ようやく夏が来た。世界中の子供たちに夏休みがあるように、サンタにも夏休みがある。今日は、夏休みが始まる前の日。つまり、今日の仕事が終われば、サンタも夏休みになるのだ。

と、鐘が鳴る。

♪――――M1「サンタの夏休み」

七人のサンタと、六人の妖精がやってくる。七人のサンタは大きな帳簿を、六人の妖精は大きな地図を持っている。十三人が歌う。

サンタと妖精　世界中の子供たちに

プレゼント配り回った
次の日からもう始まる
来年のクリスマスの
そう　準備の仕事

六人のサンタが椅子に座って、帳簿を広げる。その後ろに、六人の妖精が立って、地図を広げる。妖精が地図を読み上げ、サンタが帳簿に書き込む。七人目のサンタは他のサンタの仕事ぶりを見回る。彼はサンタの国の長官なのだ。

サンタと妖精

冬が去り春が来れば
サンタだって胸が躍る
今年の夏こそ行くのだ
パンツ一丁で飛び込むのだ
さあ　夏の海へ

長官が中央に立って、手を叩く。

長官　諸君、ちょっと聞いてくれ。去年のクリスマスから今日まで、諸君は実によく働いてくれた。おかげで、今年の準備は、かなり順調に進んでいる。中には、あまり順調ではない者もいるようだが。しかし、外を見たまえ。あの空。あの海。あの大地。我々が住んでいる北極にも、とうとう夏がやってきた。諸君が待ちに待っていた、夏休みの到来だ。そこで、今日の仕事はここまでにして、それぞれの進み具合を報告してもらいたい。合格の判子が押された者から、夏休みということにしようじゃないか。

五人のサンタが長官に帳簿を持っていく。長官に判子をもらったら、元の椅子に戻る。

サンタと妖精　夏祭り　キャンプファイヤー
サンタだって大好きです
蟬の声　吹きすぎる風
追いかけたい　子供のように
ああ　夏の山で

六人目のサンタはまだ帳簿に字を書き込んでいる。彼は、日本担当のサンタ。名前は、大原松太郎。

長官　どうした、日本担当。終わってないのは、君だけだぞ。
松太郎　すみません。あと少しなんです。すぐに持っていきますから。
長官　いやいや、そんなに慌てることはない。君の夏休みは明日からってことにしようじゃないか。

松太郎　そんなの、イヤです。私一人で居残りなんて。

長官　しかし、君は何をやるのも、人より遅い。トナカイに餌をやるのも、子供たちから届いた手紙を読むのも、プレゼントを配るのも。去年のクリスマスなんか、十人以上の子供に姿を見られたそうじゃないか。子供に姿を見られるなんて、サンタクロース失格だぞ。

松太郎　できました！（と帳簿を長官に持っていく）

長官　やっとできたか。（と帳簿を受け取って）しかし、問題は仕事の中身だ。

松太郎　それは大丈夫です。私の仕事が遅いのは、絶対にミスをしたくないと思っているからです。ウルトラマンガイアの人形がほしい子に、ブースカの人形を配ったら、その子はきっと悲しむでしょう。すべての日本の子供たちのために、私はミスをするわけにはいかないんです。

長官　なるほど。確かに、よくできている。字はあんまりうまくないが。

松太郎　長官、一つ、お願いがあります。

長官　何だね？

松太郎　今年の夏休みは、自分の家へ帰りたいんです。帰ってもいいでしょうか？

長官　自分の家へ帰れるのは、サンタクロースになって、十年経ってからだ。君はまだ九年以下の研修生だろう。

松太郎　いいえ。今年でちょうど十年目です。

長官　そうか。もう十年経つのか。それなら、仕方ない。久しぶりに、家族の顔を見てきたまえ。

松太郎　いいんですか？　ありがとうございます。

OCEAN
MERIDIONAL

長官　ただし、一つだけ条件がある。自分がサンタクロースであることは、絶対に誰にも言わないこと。
松太郎　わかっています。絶対に誰にも言いません。
長官　よし、その言葉を信じよう。と言いたいところだが、君は人がいいからなあ。そうだ、トント！

一人の妖精が長官に走り寄る。

トント　はい。
長官　おまえが一緒についていってくれ。彼一人では心配だから。
トント　わかりました。僕に任せてください。
長官　おまえの姿は普通の人間には見えない。もし彼がとんでもないことになったら、おまえが彼を助けるんだ。念のために、袋を持っていけ。
トント　はい。（松太郎に）よろしく、日本担当。
松太郎　私の本名は、大原松太郎だ。松太郎と呼んでくれ。
トント　よろしく、松太郎。
長官　（松太郎に）それで、君の家には誰がいるんだ。君は誰に会いに行くんだ。
松太郎　息子と、息子の嫁と、息子の娘です。私の大切な家族です。

♪――M2「サンタクロースになりたかった」

松太郎とトントが去る。反対側へ、六人のサンタも去る。五人の妖精が歌う。

妖精たち
嵐が吹き荒れても　雪が降っても
大きな袋かかえ　僕は行くのさ
小さな胸の奥に　淋しい心
隠した子供たちが　僕を待ってる
サンタクロース　呼んでいる僕の名を
サンタクロース　今行くよ空飛んで
子供の寝顔　見るだけで
凍えた体　温まる
また来年と　ささやいて
僕は出ていく　次の家へ

一人の妖精が去る。四人の妖精が歌う。

妖精たち
次の日　目が覚めたら　子供は気づく
一人じゃないということ　僕がいること

サンタクロース　この仕事大好きさ
サンタクロース　なりたいと思ってた
僕が子供に配るのは
幸せじゃない　夢じゃない
明るく生きる　その力
まっすぐ生きる　その勇気

四人の妖精が去る。

2

飛鳥中学の二年C組の教室。
野上桐彦と有吉檜三郎先生がやってくる。野上はカバンを、有吉先生はノートを持っている。

野上　あれ？　大原？　大原？
有吉先生　どうした？　いないのか？
野上　掃除が終わったら、すぐに教室に来いって言ったのに。あのバカ、先に帰ったのかな。
有吉先生　大原は図書室の係だろう。あそこは広いから、まだ終わってないんじゃないか？
野上　俺は体育館の係だけど、五分も前に終わりました。やっぱり、先に帰ったんですよ。
有吉先生　どうして帰ったと決めつけるんだ。大原はそんなに悪いヤツじゃないぞ。
野上　悪くはないけど、良くもないです。先生、知ってますか？　あいつがクラスのみんなからなんて呼ばれてるか。
有吉先生　大原みずきだから、みっちゃんとか、みずりんとか。
野上　そんなかわいいのじゃなくて、タイガーですよ。
有吉先生　タイガー？　大原は女の子だぞ。どうしてタイガーなんだ？

野上　あいつはメチャクチャ怒りっぽいんです。気に喰わないことがあると、すぐに怒鳴るんだ。まるで、タイガー・ジェット・シンみたいに。

有吉先生　なるほど。しかし、先生は大原が怒ったところなんか、見たことないぞ。

野上　授業中は、いつもおとなしいですからね。でも、休み時間は、いつも本を読んでるんです。

有吉先生　やっぱり、おとなしいじゃないか。

野上　でも、横で誰かが騒ぐと、「うるさい！」って怒鳴るんです。みんな怖がっちゃって、あいつの席には誰も近づきません。だから、いまだに友達ができないんです。

有吉先生　だったら、おまえが友達になったらどうだ。

野上　イヤですよ。俺はもっとおしとやかな女の子が好きなんです。

有吉先生　先生は恋人になれと言ったんじゃない。友達になれと言ったんだ。

野上　どっちにしても、イヤです。あいつが性格を変えたら、考えてもいいけど。

有吉先生　冷たい言い方をするなよ。大原はおまえのクラスメイトなんだぞ。

そこへ、大原みずきがやってくる。

野上　あ、大原！　おまえ、今まで何してたんだよ。掃除が終わったら、すぐに教室に来いって言っただろう？

みずき　今、終わったんだよ。私一人だったから。

野上　一人って？

みずき　水道で雑巾を洗って、中に戻ったら、みんないなくなってたんだ。だから、一人で机を拭いて、ゴミを捨てて。

有吉先生　おまえ一人にやらせるなんて、とんでもないヤツらだ。明日、先生が注意してやろう。しかし、今日は終業式。明日から夏休みだ。どうしよう。

野上　（みずきに）おまえ、また怒ったんだろう。

みずき　怒ってないよ。

野上　嘘つけ。おまえだけ残して、帰ったんだぞ。何かあったに決まってるよ。

みずき　別に何もなかったよ。岡田と上川がホーキでチャンバラしてたから、「まじめにやれ！」って言っただけさ。

野上　おまえだって、一応は女なんだからさ、「まじめにやりましょうよ」とか「ダメよ、サボっちゃ」とか言えばいいのに。

みずき　気持ち悪い。

野上　気持ち悪いとはなんだ！　俺はおまえのためを思って、言ってるんだぞ！

有吉先生　なんだ。怒りっぽいのは野上の方じゃないか。

野上　違いますよ。俺はただ……、クソー！　頭が悪いから、言い返せない！

有吉先生　それじゃ、そろそろ本題に入ろう。今日、おまえたちに残ってもらったのは、他でもない。夏休みの宿題について、話がしたかったからだ。おまえたちのグループだけ、研究テーマが決まってないだろう。

みずき　私は戦国時代にするって言ったはずですけど。

野上　それは、おまえ一人の意見だろう？　俺は幕末にしたいんだ。
みずき　だったら、勝手にやればいいじゃないか。
有吉先生　先生は、二人で協力してやってほしい。そのために、テーマを一つに絞ってほしいんだ。
みずき　じゃ、テーマは戦国江戸時代です。それでいいでしょう？
有吉先生　よくない。二つの時代をくっつけただけじゃないか。
みずき　とにかく、私は戦国時代しかやるつもりはありません。野上がどうしてもイヤだって言うんなら、私一人でやります。
野上　ほら、先生にもわかったでしょう？　こいつはこういうヤツなんですよ。自分のことしか考えない、わがままなヤツなんです。
みずき　何だと？
野上　こいつが転校してきた時は、みんなで友達になろうとしたんです。でも、こいつがわがままだから、誰も近づかなくなったんです。
みずき　私は、悪いことは何もしてない。
野上　でも、いいことだってしてないだろう？　おまえはクラスのことなんか、何も考えてないだろう？
みずき　じゃ、他のみんなはどうなんだよ。掃除をサボってチャンバラしたり、黙って先に帰ったり。それがクラスのためだって言うのか？
有吉先生　二人とも興奮するな。大原の気持ちも、野上の気持ちも、よくわかる。が、ここはちょっとだけ我慢して、相手の気持ちを考えてみたらどうだ。

みずき　私はイヤです。
野上　またそうやって怒る。そんな性格じゃ、一生、友達ができないぞ。
みずき　いいよ、友達なんかできなくても。私は友達なんかほしくないいんだから。
有吉先生　おい、大原。
みずき　私が戦国時代にしたいって言ったら、野上はイヤだって言った。だから、私は「これを読んでみて」って本を貸した。でも、まだ読んでないだろう。
野上　部活が忙しくて、読む暇がなかったんだ。
みずき　貸したのは、一カ月も前だ。でも、野上は読まなかった。だから、私は野上とはやりたくないいんだ。（と背を向けて歩き出す）
有吉先生　待て、大原。
みずき　（振り返って）私は、悪いことは何もしてません。
有吉先生　それはよくわかった。しかし、先生が出した宿題は、グループ研究だ。先生はあくまでも、二人で協力してやってほしい。
みずき　でも――
有吉先生　十日後にもう一度、ここで会おう。それまでに、野上は大原に借りた本を読んでおく。そして、もう一度話し合うんだ。それでいいな、野上？
野上　はい。
有吉先生　大原もそれでいいな？

みずきがうなずいて、去る。

有吉先生　なるほど。だから、タイガーなのか。やっと意味がわかったぞ。

野上　どうして俺と組ませたんですか？　恨みますよ。

有吉先生　まあ、そう言うな。おまえなら、きっと大丈夫だ。

野上　俺、自信ありません。（とカバンから本を取り出して）この本だって、十日で読めるかどうか。だって、漢字ばっかりなんですよ。

有吉先生　題名はなんていうんだ？

野上　すいません。題名さえ、読めないんです。（と本を差し出す）

有吉先生　（受け取って）『渚姫の伝説』か。

野上と有吉先生が去る。

3

みずきの家。
みずきがやってくる。カバンを持っている

みずき　ただいま。

反対側から、大原杉恵がやってくる。カバンを持っている。

杉恵　お帰り、みずき。悪いけど、ちょっとお留守番しててくれる？
みずき　え？　どこへ行くの？
杉恵　駅前のスーパーよ。今日の夕食、期待しててね。ママの最高傑作をお目にかけるから。
みずき　やけに張り切ってるじゃない。何かいいことでもあったの？
杉恵　これからあるのよ。おじいちゃんが帰ってくるの。
みずき　おじいちゃんて、十年前に外国へ行っちゃった？
杉恵　行っちゃったまま、十年も帰ってこなかったおじいちゃんから、ついさっき電話があったの。今、成田に着いたって。

そこへ、大原竹雄がやってくる。カバンを持っている。

竹雄　ただいま。
杉恵　お帰りなさい、あなた。早かったわね。
竹雄　会社から、タクシーを飛ばしてきたんだ。それより、親父は？　もう帰ってきてるのか？
杉恵　まだよ。私、これからお買い物に行ってくるから、その間にお庭の掃除をしておいて。みずきは自分のお部屋を片付けるのよ。
みずき　他の部屋は？
杉恵　全部済ませた。隅から隅まで、ピッカピカよ。後は、夕食の支度だけ。
みずき　（竹雄に）今日のメニューは凄いらしいよ。
杉恵　おじいちゃんは和食を食べたがってると思うのよね。だから、天麩羅とすき焼きと鯛の活け造り。
みずき　本当に凄い。でも、予算の方は大丈夫？
杉恵　おじいちゃんのためだもの。（竹雄に）ちょっとぐらい贅沢をしても、いいわよね？
竹雄　いや、俺は反対だ。
杉恵　どうして？
竹雄　親父なんかのために、豪華な食事を用意する必要はない。いつも通りのメニューで十分だ。

杉恵　でも、あなただって、天麩羅とすき焼きと鯛の活け造りは好きでしょう？
竹雄　好きだが、今日は食いたくない。それ以前に、三つも食いきれない。
杉恵　あなたの分は私が食べるから安心して。じゃ、行ってくるわね。
竹雄　おい、杉恵！

そこへ、松太郎とトントがやってくる。松太郎はトランクを、トントは袋を持っている。

松太郎　不用心な家だな。玄関の鍵が開いてたぞ。
みずき　おじいちゃん！
松太郎　久しぶりだな、みずき。おまえと最後に話をしたのは、幼稚園の時だった。
みずき　今は中学二年だよ。
松太郎　知ってるよ。この前もらった手紙に、書いてあったから。
みずき　おじいちゃん、そっちの人は誰？（とトントを示す）
トント　え？
杉恵　何言ってるのよ、みずき。お義父さん、お帰りなさい。
松太郎　お久しぶりです、杉恵さん。突然帰ってきて、ご迷惑じゃなかったですか？
杉恵　いいえ、全然。お義父さんのおかげで、天麩羅とすき焼きと鯛の活け造りが食べられるんです。これからも、ちょくちょく帰ってきてください。
松太郎　竹雄、今日は会社はどうした。

竹雄　早退してきた。杉恵がすぐに帰ってきてって言うから。
松太郎　悪かったな、私なんかのために。
竹雄　そんなことより、今日は一体何しに来たんです。
杉恵　何しにって、私たちに会いに来てくださったのよ。決まってるでしょう？
竹雄　おまえは口を挟むな。これは、俺と親父の問題だ。
松太郎　十年ぶりに帰ってきたのに、あんまり歓迎してくれてないようだな。
竹雄　当たり前じゃないですか。いきなり外国へ行くって言い出して、そのまま十年も行方不明。無責任にも程がある。
松太郎　年に一度は、手紙を出したじゃないか。ちゃんと住所も書いて。
竹雄　聞いたこともない外国の町じゃないですか。みずきが世界地図で調べたけど、どこにも載ってなかった。（みずきに）そうだろう？
みずき　フィンランドのコルヴァトゥントゥリだっけ？　手紙を出すたびに、ちゃんと届くか、心配だったんだ。
松太郎　ちゃんと届いたよ。私が住んでいたのは、コルヴァトゥントゥリから、もう少し北へ行った所だったんだが。
竹雄　とにかく、こっちは十年の間、ずっと心配してたんだ。生活は大丈夫か、病気になってないか。
松太郎　私のことを、心配してくれてたのか。
竹雄　一体何をしてたんです、十年も。どうして帰ってこなかったんです。

松太郎　それは……。
トント　言っちゃダメだよ、松太郎。言ったら、長官に怒られる。
松太郎　すまない、竹雄。言えないんだ。サンタクロースをやっていたなんて。
トント　松太郎！
松太郎　だって、本当のことを言わないと、竹雄が許してくれないから。
竹雄　今、なんて言いました？　サンタクロースをやっていたって言ったんですか？
松太郎　誰にも言わないでくれ。言われたら、私はクビになる。
竹雄　言うわけないじゃないですか。自分の親父がサンタだなんて。明日、会社で言ったとしましょうか？　もちろん、誰も信じませんよ。いや、下手をしたら、「頭がおかしくなった」って、リストラされちまう。
松太郎　おまえは、私の話を信じないのか？
竹雄　こっちは本気で心配してたのに、よりによってサンタなんて。もういい。正直に話す気がないなら、これ以上は聞きません。しかし、これだけは言っておきます。ここは父さんの家なんだから、いつまでいたって構わない。しかし、主は俺だ。俺の言うことが聞けないなら、すぐに出ていってください。
杉恵　あなた。
竹雄　それから、みずきはまだ子供です。おかしな話をして、からかうのはやめてください。杉恵、着替えを出してくれ。
杉恵　自分で出せばいいじゃない。（松太郎に）今、お茶をいれてきますから。

竹雄と杉恵が去る。

みずき　おじいちゃん、今の話、本当？

松太郎　私がサンタクロースだって話か？　おまえはどう思う。

みずき　信じられない。でも、その人は誰？（とトントを示す）

トント　君、やっぱり、僕が見えるの？

みずき　パパにもママにも見えなかったみたいだけど。あなた、おじいちゃんの友達？

トント　僕の名前はトント。サンタクロースのお手伝いをする、妖精です。

みずき　あなたが妖精？　私のイメージと、全然違う。

トント　悪かったな。

松太郎　ありがとう、竹雄！　ありがとう、杉恵さん！

トント　どうしたんだよ、松太郎。

松太郎　みずきには君が見える。中学二年になっても、清い心を持ち続けているんだ。竹雄、杉恵さん、本当にありがとう。

みずき　じゃ、やっぱり、この人、妖精なの？

松太郎　そうだ。トント君が見えるおまえになら、本当のことが言える。私はサンタクロース。おまえの味方だ。

松太郎がみずきの両肩に両手を置く。松太郎が歌う。トントとみずきも歌う。

♪――M3「夢を見る力」

松太郎　ツバメよりも速く　空が飛べる翼
きっと僕たちは持ってた
両手を広げれば　ほら　雲の上
今日は海まで行こう　誰が一番か
競った　あの日

みずき　子犬の鳴き声が　言葉に聞こえる耳
きっと僕たちは持ってた
一緒に走ろうよ　坂の上まで
誘われて走った　あの日

三人　大人になったら　なくしてしまった
夢を見る　その力
大人に見えない　ものを見る力
夢を見る力　もしあったら

松太郎とみずきが去る。

4

トントが袋の中から電話を取り出し、かける。
遠くに、長官が現れる。長官は電話を持っている。

長官　はい、こちら、サンタランド。
トント　長官ですか。トントです。十日も連絡しなくて、申し訳ありませんでした。
長官　いやいや、気にすることはない。便りがないのはよい便り。どうやら、日本担当はうまくやっているようだな。
トント　それがその、実はこっちに着いてすぐに、家族に話しちゃったんです。自分がサンタクロースだって。
長官　何だと？　なぜ今まで知らせなかったんだ。
トント　家族の反応を確かめてからと思って。
長官　で、家族は日本担当の話を信じたのか。
トント　それが全然。ただの冗談だと思ったみたいで、誰も相手にしませんでした。それどころか、松太郎のことを「サンタさん」て呼んだり、「夏は暇でいいわね」ってバカにしたり。

長官　サンタクロースをバカにするとは、とんでもないヤツらだ。

トント　でも、大騒ぎになる心配はなさそうです。だから、今日まで電話しなかったんですが。

長官　ですが、何だ。

トント　最近では、ご近所の人まで、松太郎を「サンタさん」て呼ぶんです。このままでは、サンタクロースの地位は落ちるばかりです。

長官　落ちているのは、サンタクロースの地位じゃない。日本担当の地位だ。おまえは気にしなくていい。

トント　しかし。

長官　しかし、日本担当の話を信じる者が一人でも現れたら、すぐにこっちに戻ってこい。もちろん、日本担当もだ。

トント　そうなったら、松太郎はクビですか？

長官　同時に、おまえもクビだ。クビになりたくなかったら、日本担当にこう言うんだ。サンタクロースの能力は絶対に使うなと。わかったな？

トント　はい。

長官が消える。そこへ、松太郎がやってくる。

トント　だってさ。（と電話を袋に仕舞う）

松太郎　わかった。サンタクロースの能力は絶対に使わない。約束する。

トント　嘘ついたら針千本飲ませるからね。で、今日はどこへ行くの？
松太郎　この十日間、外を歩き回ったからな。今日は一日、家にいることにする。
トント　もう会いたい友達はいないの？
松太郎　東京に住んでるヤツには、全員会った。今日は土曜日だから、竹雄もみずきも家にいる。みんなとじっくり話ができるんだ。

そこへ、みずきがやってくる。

松太郎　あれ？　みずき、出かけるのか？
みずき　うん、ちょっと学校に。先生と会う約束なんだ。
松太郎　土曜日なのに、学校か。たまには、プールや遊園地へ遊びに行ったらどうだ。友達を誘って。
みずき　私はもう中学生だよ。遊園地なんかに興味はないの。
松太郎　そう言えば、おまえは友達の話を全然しないな。どうしてだ？
トント　ずばり、友達がいないんだよ。
松太郎　まさか。
トント　僕はこの十日間、この家の人達をずっと観察してきた。竹雄さんはまじめなサラリーマンで、まじめすぎて出世できないタイプ。杉恵さんは明るい主婦で、明るすぎて時々鬱陶しくなるタイプ。みずきは家族の前では明るくしてるけど、心の奥には悩みがある。

松太郎　悩みってなんだ。
トント　そこまではわからないよ。でも、僕は友達がいないってことじゃないかと思う。だって、みずきはこの十日間、自分の部屋に閉じ籠もって、本を読んでた。誰も遊びに来なかったし、電話もかかってこなかった。
松太郎　どうなんだ、みずき。おまえには、本当に友達がいないのか？
みずき　ねえ、おじいちゃん。一つ聞いてもいい？
松太郎　なんだ、改まって。
みずき　人間には、友達が必要なの？　友達がいないと、ダメなの？
松太郎　ダメってことはないが、いないよりはいた方がいいと思うな。その方が楽しいし。
みずき　でも、楽しくないことだってあるでしょう？
トント　楽しくないこと？
みずき　自分はジェットコースターが嫌いなのに、友達は好きだったら？　我慢して乗らなくちゃいけないよね？　それでイヤな思いをするぐらいなら、友達なんかいらないっていうのは、間違ってる？
松太郎　私だったら、その友達に正直に言うだろうな。私はジェットコースターが嫌いだって。
みずき　それで、その友達が自分のことを嫌いになったら？
松太郎　私を捨てて、ジェットコースターを取るようなヤツは、友達になってくれなくて結構だ。
みずき　でも、私の周りにいるのは、みんなそういうヤツなのよ。
松太郎　そんなことはないと思うがな。私の周りにだって、もちろん、そういうヤツもいた。が、そうじゃないヤツの方がずっと多かった。十年ぶりに会いに行ったら、みんな、喜んでくれたぞ。

トント　松太郎の友達はみんな年寄りだろう？　今の子供はもっとクールなんだよ。

みずき　私もおじいちゃんの時代に生まれれば良かった。そうしたら、友達ができたのに。（と歩き出す）

松太郎　みずき、ちょっと待ちなさい。

みずき　（振り返って）話の続きは帰ってからにして。先生を待たせるわけにはいかないから。

松太郎　いいから、待ちなさい。みずき、おまえは私が言ったことを信じてるか？　私がサンタクロースだということを。

みずき　悪いけど、信じてない。だって、幼稚園の時に気づいたんだもの。クリスマスにプレゼントをくれるのは、パパだってこと。眠ったふりをして、薄目を開けてたら、パパがプレゼントを置いていったのよ。

松太郎　家族にプレゼントがもらえる子供には、サンタクロースはプレゼントを配らない。寝顔に向かって、祝福を贈るんだ。おまえにも、毎年祝福を贈ってきた。私はクリスマスのたびに、この家に来てたんだよ。

みずき　本当？

松太郎　しかし、プレゼントをあげたことは一度もなかった。だから、今日、あげよう。今日はクリスマスじゃないけど、特別サービスだ。何でもほしいものを言ってごらん。

トント　ちょっと待てよ、松太郎。まさか、この袋を使うつもりじゃないだろうな？

松太郎　もちろん、そのつもりだ。（と袋を奪う）
トント　冗談じゃない。さっき言ったことを忘れたのか？　サンタクロースの能力を使ったら、君はクビになるんだぞ。
松太郎　大丈夫だ。君が誰にも言わなければ。同時に、この僕も。
トント　僕に嘘をつけって言うのか？
松太郎　そうじゃなくて、君は何も知らなかったことにするんだ。さあ、目をつぶって、耳を塞いで。
トント　ダメだ。その袋を返せ！
松太郎　さあ、みずき。何でもほしいものを言ってごらん。おまえの言うものを、何でもこの袋から出してあげよう。
みずき　何でも？
松太郎　そう。何でも。
トント　やめろ、松太郎！　針千本飲ませるぞ！
みずき　渚姫。
松太郎　え？
みずき　私は渚姫に会いたい。『渚姫の伝説』の主人公、渚姫に会いたい！

5

袋の中から、白い煙が吹き出す。煙の中から、渚姫が出てくる。

みずき　あなた、渚姫？

渚姫　いかにも、私は渚姫だ。して、おまえは？

みずき　本当だ。本当に渚姫が出てきた！

松太郎　みずき、この人は誰だ？

みずき　私の大好きな小説の主人公。戦国時代のお姫様よ。

トント　まさか、人間を出すなんて。どうするんだよ、松太郎！

松太郎　まあまあ、そんなに興奮しないで。一人ぐらい、いいじゃないか。

袋の中から、白い煙が吹き出す。煙の中から、小波と潮之助が出てくる。

小波　姫様？　どこにおられるのですか？　姫様？

潮之助　確かに、こちらの方へ来られたはずだが。あっ、姫様！

小波　（渚姫に駆け寄って）あれほど、お一人で外へお出でになってはいけませぬと申したのに。敵に襲われでもしたら、いかがなさるおつもりです。
松太郎　みずき、この二人は誰だ？
みずき　さあ。
トント　自分で呼び出しておいて、わからないのか？
小波　（渚姫に）しかし、何事もなくてよかった。急いで、隠れ家へ戻りましょう。おや？
松太郎　どうも。（と頭を下げる）
小波　潮之助殿、曲者です！
潮之助　お下がりください、小波殿！（と刀の柄に手をかけて）さては、吹雪御前の手の者だな。姫様を誘い出したのも、おまえらの仕業か。
松太郎　（みずきに）どうやら、この人が潮之助で、その人が小波らしいぞ。
みずき　わかった。渚姫のお供をしてる人だ。小波は渚姫の乳母で、潮之助は渚姫の護衛をしている武士。
トント　まさか、三人も出すなんて。どうするんだよ、松太郎！
松太郎　一人も三人も大した違いはない。事情を説明して、引き取ってもらえばいいじゃないか。
潮之助　何をゴチャゴチャ言っておる。素直に白状せんと、叩き斬るぞ。
松太郎　まあまあ、そんな物騒な物は仕舞ってください。私は決して怪しい者ではない。大原松太郎という者です。詳しい事情は、お茶でも飲みながら話しましょう。みずき、お茶。
小波　さては、その茶に毒を盛って、姫様を亡き者にする魂胆か？

潮之助　そうはさせんぞ！（と刀を抜く）
トント　うわーっ！　松太郎、何とかして！（と松太郎の陰に隠れる）
松太郎　君が斬られる心配はない。あいつらには君が見えないんだから。
トント　でも、あの人は僕の方をジッと見てるよ。
松太郎　（渚姫に）あなた、この人が見えるんですか？
渚姫　ああ。潮之助、おまえにも見えるな？
潮之助　見えるって、何が？
小波　（松太郎に）帰って、吹雪御前に伝えなさい。姫様は古浜国へは二度と帰らぬ。後を追っても無駄だと。
潮之助　（松太郎に）姫様は、我らの命に替えても、必ず更津国へ送り届ける。邪魔する者は一人残らず刀の露にしてくれるわ。（と刀をふりかぶる）
みずき　ちょっと待ってよ、潮之助。
潮之助　人を呼び捨てにするとは、生意気な。女子とて、容赦せんぞ。
みずき　私は、渚姫を殺そうなんて思ってない。ただ、会いたかったの。会って、話がしたかったのよ。
小波　そして、毒入りの茶を飲ませるつもりであろう。
みずき　そんなもの、飲ませるわけない。だって、私は渚姫が大好きなんだから。『渚姫の伝説』って本を読んで、大好きになったの。
渚姫　私を好きに？

みずき　だから、おじいちゃんに頼んで、袋から出してもらったの。
小波　何が袋ですか。私は姫様を追いかけて、霧の中をさまよっていたのです。すると、何やら布のような物をつかんだ気がしたので、両手でグイっと引っ張ったら。
松太郎　それがこの布だったんですよ。（と袋を示す）
小波　（袋を触って）ええ、ええ。ちょうど、こんな手触り。え？　まさか？
渚姫　それでは、ここは？
みずき　私の家。いきなり呼び出しちゃって申し訳なかったけど、私はあなたと話がしたかったの。
潮之助　すると、我らはすでに囚われの身というわけか。しかし、おめおめと囚われてはおらんぞ。おまえらを人質にして、ここから抜け出してやる。
渚姫　待て、潮之助。
潮之助　しかし、姫様。
渚姫　この者は、私が好きだと言った。私を殺す気はないのだ。
潮之助　姫様はお人がいい。が、こやつらは間違いなく敵です。着ている物が何よりの証拠。このような面妖な衣服は、間違いなく忍の者。吹雪御前の手の者に相違ありません。
渚姫　しかし、この者たちは何も持っておらぬ。私を殺す気ならば、刀や槍を持っているはずだ。
潮之助　それは……。
渚姫　（みずきに）私はおまえの話を信じる。私がここへ来たのは、おまえの声を聞いたからだ。
みずき　私の声を？
渚姫　何度も何度も。ある時は山道を歩いている時に。またある時は夢の中で。渚姫、渚姫、と

みずき　呼びかける声を、何度も聞いた。今朝も、目が覚めて、隠れ家の窓を開けると、霧の中からおまえの声が聞こえた。だから、私は外へ出たのだ。私も会ってみたかったのだ。私の名を呼ぶ、声の主に。

渚姫　私の名前は、大原みずき。あなたのファンです。

みずき　ファンとは何だ。

　あなたが大好きで、あなたに憧れてるって意味。おじいちゃん、私、この人と出かけてくる。

松太郎　どこへ行くんだ。

みずき　学校へ。この人に会わせたい人がいるの。

トント　ダメだよ、そんなの。こんな恰好の人が外を出歩いたら、大騒ぎになる。

みずき　大丈夫大丈夫。演劇関係の人かなって思われて、おしまいよ。渚姫、私についてきて。

渚姫　私をいずこへ連れていくつもりだ。

みずき　あなたが生きていた戦国時代から、四百年先の時代。

渚姫　四百年先？

みずき　その目で見てみたいと思わない？

小波　姫様、行ってはいけません。四百年先の世など、行けるはずがないではありませんか。

みずき　でも、もう来ちゃってるのよ。どうする、渚姫？

渚姫　行こう。おまえが行くと言うなら。私はおまえを信じると決めたのだから。

みずき　よし。

みずきが渚姫の手を引っ張って、走り去る。

小波　姫様、お待ちください！

潮之助　姫様！

小波と潮之助が走り去る。

6

入れ違いに、竹雄と杉恵がやってくる。

竹雄　何ですか、今の人たちは。
松太郎　私の知り合いの、演劇関係の人だ。
杉恵　お客さんが来たなら、来たって言ってください。お茶ぐらい出しますから。
トント　後を追おうよ、松太郎！
松太郎　そうしよう。竹雄、杉恵さん。私は今からちょっと出かけてきます。
竹雄　また今日も外出ですか。やっぱりサンタは夏は暇なんですね。

松太郎とトントが去る。

杉恵　あなた、お義父さん、もう行っちゃったわ。
竹雄　俺の言うことには、耳を貸そうともしない。勝手すぎると思わないか？
杉恵　でも、昔からマイペースな人だったじゃない。

竹雄　いや、ここまでひどくはなかった。俺のお袋は俺が七歳の時に死んだんだけど、俺は一度も淋しい思いをしたことがない。それは、親父がいつもそばにいてくれたからだ。仕事が終わるとまっすぐ家に帰ってきてくれて、休みの日は一緒に遊んでくれて。少しまじめすぎるぐらいだったけど、俺は尊敬してたんだ。それなのに、定年退職すると同時に、外国へピューだ。

杉恵　ひょっとして、あなた、淋しかったの？

竹雄　そうじゃなくて、心配だったんだ。親父は今年で七十だぞ。それなのに、子供みたいにフラフラしやがって。なぜよその年寄りみたいに、縁側でジッとしてないんだ。

杉恵　あなた、あれ。

竹雄　どうした。

杉恵　あの袋、煙が出てる。もしかして、燃えてるんじゃない？

竹雄　杉恵、消火器を持ってこい。

袋の中から、白い煙が吹き出す。煙の中から、氷次郎と嵐兵衛が出てくる。

竹雄　誰ですか、あなたたちは。

氷次郎　そういうおまえらは、何者だ。

竹雄　私は大原竹雄。この家の主だ。こっちは私の妻の杉恵だ。

氷次郎　よし、竹雄、杉恵、拍手しろ。

竹雄　拍手？　どうして私が拍手なんか。

嵐兵衛　（刀を抜いて、竹雄の顔前で止める）

杉恵　あなた、拍手しましょう。気持ちはわかるけど、文句は拍手の後よ。

竹雄　仕方ない。おまえがそこまで言うなら、拍手してやるか。

竹雄と杉恵が拍手する。袋の中から、白い煙が吹き出す。煙の中から、吹雪御前が出てくる。吹雪御前は火縄銃を持っている。吹雪御前が歌う。

♪――M4「私は吹雪」

吹雪御前　私の瞳は氷　氷でできてるから
目を逸らせ　凍りつきたくなかったら
一人で生まれ　一人で生きてくために
私は私に呪文をかけた　それは
吹雪　吹雪
私の胸の奥　荒れ狂っている
吹雪　吹雪
私を見つめる者などいない　一人も

杉恵が拍手する。

杉恵 なかなか上手じゃない。素人のど自慢に出たら、鐘三つは確実ね。

竹雄 (氷次郎に) さあ、これで十分でしょう。さっさとここから出ていってください。

氷次郎 よし、次は歌だ。おまえらも一緒に歌え。

杉恵 やったあ。(竹雄に) 私、中学時代はコーラス部だったのよ。

竹雄 どうしておまえはそんなにのんきなんだ。俺はもう我慢できない。

嵐兵衛 (竹雄の顔前で刀を振る)

竹雄 こうなったら、コーラスでも何でもやってやる。さあ、歌ってくれ。

吹雪御前が歌う。竹雄と杉恵もコーラスを歌う。

吹雪御前 私の言葉は鋼　鋼でできてるから
切り刻む　人の心の優しさ
道に迷って　もう歩けなくなっても
私は私に刃を向ける　それは
吹雪　吹雪
私の胸の奥　荒れ狂っている
吹雪　吹雪

私を見つめる者などいない　そう
吹雪　吹雪
私の胸の奥　荒れ狂っている
吹雪　吹雪
私を愛する者などいない　一人も

杉恵が拍手する。吹雪御前がお辞儀する。

竹雄　よし、これで終わりだな。だったら、さっさと帰ってくれ。
吹雪御前　今の歌は自己紹介だ。本題はこれからだ。
竹雄　本題って何だ。金でも出せって言うのか？　俺は歌の出前なんか頼んだ覚えはない。一銭たりとも払わないぞ。
吹雪御前　誰が金を出せと言った。私がほしいのは金ではない。渚姫だ。
杉恵　渚姫？
氷次郎　俺たちは渚姫の隠れ家を昨夜からずっと見張っていたんだ。朝になって、外へ出たから、すぐに後を追った。霧が濃くて、何度も見失いそうになったが、俺たちは忍だ。姿を見失っても、匂いで追える。なあ、嵐兵衛。
嵐兵衛　この部屋には、確かに渚姫の匂いがある。しかも、まだ新しい。
吹雪御前　（杉恵に）渚姫はどこへ行った。おまえらが隠したのか。

杉恵　すみません。私には何が何だかさっぱり。大体、渚姫って誰ですか？
氷次郎　古浜国の姫君だ。知らぬとは言わせんぞ。
杉恵　（竹雄に）あなた、知ってる？
竹雄　（氷次郎に）頭に来てるから、大きな声で言ってやる。知らぬ！
氷次郎　何だと？
吹雪御前　まあ、待て、氷次郎。見たところ、ここは異人の屋敷らしい。とすると、こいつらは異人に使われている、下男と下女だ。姫君が来たことなど、聞かされてないのかもしれん。
竹雄　下男と下女とはなんだ。私はこの家の主だぞ。
吹雪御前　見栄を張るのはよせ。おまえは主の柄ではない。
竹雄　杉恵、俺はもう我慢できない。
杉恵　私もちょっと頭に来ちゃった。あなた、言いたいことを言っていいわ。
竹雄　（吹雪御前に）人の家に勝手に上がり込んで、拍手をさせたり、コーラスをやらせたり。挙げ句の果ては、無礼千万な言いがかり。今の今までは、テレビ局の人だと思って我慢してたけど、ここまでの傍若無人が許されるわけがない。カメラを止めろ。私は出演を拒否する！
氷次郎　テレビ？　カメラ？　おまえはさっきから何を言ってるんだ。
竹雄　とぼけるのもいい加減にしろ。これ以上、収録を続けるなら、警察に電話するぞ。
嵐兵衛　（刀を竹雄の眼前で止めて）黙れ。
竹雄　そんな物で脅かそうとしたって、無駄だ。どうせ竹光なんだろう。

嵐兵衛　試してみるか？
氷次郎　やめろ、嵐兵衛。こんなつまらないヤツ、斬るだけ無駄だ。
竹雄　つまらないとはなんだ。おまえらの番組の方がよっぽどつまらないじゃないか。

竹雄が氷次郎につかみかかる。氷次郎が避けて、竹雄を突き飛ばす。竹雄はよろめくが踏ん張り、氷次郎に殴りかかる。氷次郎が避けて、竹雄を殴る。竹雄が吹っ飛び、嵐兵衛の前に。嵐兵衛が刀を振る。竹雄が倒れる。

杉恵　あなた！（と竹雄に駆け寄る）
氷次郎　斬ったのか、嵐兵衛。
嵐兵衛　峰打ちだ。こんなヤツの血で刀を汚すことはない。
氷次郎　なるほどね。それより、渚姫を追わないと。
吹雪御前　嵐兵衛、またおまえの出番だ。
嵐兵衛　（周囲の匂いを嗅いで）こっちです。
吹雪御前　（杉恵に）邪魔したな。
氷次郎　（杉恵に）あんたの歌、なかなかうまかった。旦那の方はかなり音が外れてたが。

吹雪御前・氷次郎・嵐兵衛が去る。

杉恵　あなた、しっかりして！

竹雄　クソー。どこのテレビ局だ。裁判所に訴えてやる。

杉恵　なぜまだ気がつかないの。あの人たちはテレビ局の人じゃない。おじいちゃんの知り合いの、演劇関係の人なのよ。

杉恵が竹雄を助け起こす。竹雄と杉恵が去る。

7

飛鳥中学の二年C組の教室。
有吉先生がやってくる。

有吉先生 あれ？　大原？　野上？　なんだよ、二人とも来てないのか。まさか、約束を忘れてるんじゃないだろうな。それとも、忘れたふりをして、すっぽかすつもりじゃ……。いやいや、生徒を疑ってはいけない。大原も野上もきっと来る。今頃は、この教室を目指して、廊下を走ってるんだ。頑張れ、大原。負けるな、野上。先生はおまえたちを応援してるぞ。おまえたちのために、歌まで歌っちゃうぞ。先生が自分で作詩作曲した、生徒たちへの応援歌だ。

♪――M5「学校へ行きたいな」

有吉先生 信じてもらえないかもしれないが
信じてもらえないかもしれないが

ほんの百年前までは　学校なんてなかった
勉強がしたくても　する場所がなかった
だから　みんなで学校を作り
誰でも勉強できるようにしたんだ
学校へ行きたいな　学校へ行きたいな
世界のすべてを知るために
自分が誰かを知るために

そこへ、野上がやってくる。剣道着を着て、竹刀と本を持っている。

野上　先生、遅くなってすみません。
有吉先生　野上、やっぱり来てくれたな。今まで、部活だったのか？
野上　途中で抜けてきたんですよ。さっさと話し合いを済ませて、戻らないと。あれ？　大原は？
有吉先生　すぐに来るから、そこで待ってなさい。先生の歌でも聞きながら。
野上　いや、遠慮しておきます。俺、体育館にいますから、大原が来たら、呼びに来てください。
有吉先生　待て、野上。先生と生徒の間で、遠慮は無用だ。

有吉先生が野上の手から竹刀を取る。

有吉先生　信じてもらえないかもしれないが
信じてもらえないかもしれないが
先生が子供の頃　学園ドラマがあった
青春という言葉が　みんな大好きだった
だから　生徒も先生も本気で
戦って　時には海に向かって叫んだ
学校が大好きだ　学校が大好きだ
そこに行けば　友達に会える
そこに行けば　先生に会える
そこに行けば　僕は元気になれる
そこに行けば　みんな元気になれる

そこへ、みずきと渚姫がやってくる。

みずき　先生、遅くなってすみません。
有吉先生　ほら、やっぱりすぐに来た。（野上に）先生の言った通りだろう？
野上　大原、そいつは誰だ？
みずき　へへへ。野上、私が貸した本は読んだ？

野上　昨夜、やっと読み終わった。漢字は全部飛ばしたけど（と本を差し出す）
みずき　（受け取って）おもしろかった？
野上　まあまあかな。武士とか忍者とか出てくる所は、ちょっと気に入った。
みずき　じゃ、私たちのグループの研究テーマは濃姫でいいな？
野上　いや、俺はやっぱり反対だ。だって、濃姫は架空の人物だろう？
みずき　おまえ、本当にこの本を読んだのか？　最後の解説の所に書いてあっただろう？　濃姫は実在の人物だって。
野上　本当ですか、先生？
有吉先生　本当だ。その本なら、先生も読んだことがある。多少の誇張はあるけど、九十九パーセントは事実だ。日本史の教師が言うんだから、間違いない。
野上　でも、授業では出てきませんでしたよね？
有吉先生　中学の教科書には載ってないからな。しかし、戦国時代が好きな人なら、一度は聞いたことがあるはずだ。濃姫は古浜国の姫君で、当時としてはかなりの美人だったらしい。
野上　美人？
有吉先生　あくまでも、当時としてはだ。今、見たら、ただのお多福かもしれない。
みずき　（濃姫を示して）この顔がお多福？
有吉先生　ああ、大体こんな感じだ。もう少し頰が膨らんでれば、完璧なんだが。（濃姫に）そう言えば、君は誰だっけ？
野上　演劇部のヤツですよ、きっと。

みずき　そうじゃなくて、この人は渚姫なの。この本の主人公の。
有吉先生　は？
野上　大原、冗談はやめろよ。
みずき　冗談じゃない。この人は本当に渚姫なんだよ。ついさっき、おじいちゃんの袋の中から出てきたんだ。（渚姫に）ねえ、そうでしょう？
渚姫　この者たちは、私がホンモノかどうか、疑っておるのか？
野上　何が私だ。下手くそな芝居、しやがって。
有吉先生　芝居かどうかはすぐにわかる。（渚姫に）君が生まれた日は？
渚姫　永禄三年十一月十七日。
野上　何がエーロクだ。永六輔じゃあるまいし。
有吉先生　永禄三年は一五六〇年。桶狭間の戦いの年だ。（渚姫に）じゃ、今日は何日？
渚姫　天正元年八月一日。
野上　何がテンショーだ。円楽さんは笑点だ。
有吉先生　天正元年は一五七三年。室町幕府が滅んだ年だ。（渚姫に）じゃ、君の今の歳は？
渚姫　当年取って、十四。
野上　ほら、ついにボロが出た。一五七三引く一五六〇は一三。まだ一三のはずだぞ。
有吉先生　昔は数え年と言って、生まれた時が一歳、正月が来たら二歳というふうに数えたんだ。だから、一四で間違いない。
野上　（みずきに）さては、その本を丸暗記させたな？　おまえってヤツは、そこまでして、渚

みずき　姫をテーマにしたいのか。
野上　あくまでも信じないつもりか？
当たり前だ。四百年も前の人間が、どうして袋の中から出てくるんだ。

そこへ、松太郎・トント・小波・潮之助がやってくる。小波と潮之助はアイスクリームを持っている。

潮之助　小波殿、姫様がおられましたぞ。
小波　姫様、このお菓子は大変おいしゅうございます。姫様も一口いかがです。
みずき　そのアイス、どうしたの？
小波　松太郎殿に買っていただきました。見かけに寄らず、お優しい方で。
潮之助　（松太郎に）先程は、吹雪御前の手の者と疑ったりして、本当に申し訳なかった。
松太郎　いやいや、わかってもらえれば、それでいいんです。
トント　アイス一つでこんなに喜ぶなんて。買収作戦成功だね。
小波　それに、四百年先の世というのも、あながち嘘ではないようですね。このお菓子と言い、この学校と言い、我々の世には影も形もなかったもの。すばらしいの一語に尽きます。
野上　大原、こいつらは誰だ？
松太郎　私はみずきの祖父です。そして、こちらは私の助手のトント君。
野上　何がトント君だ。誰もいないじゃないか。
トント　それは、おまえの心が汚れてるからだ。

松太郎　そして、こちらが渚姫の乳母の小波殿、こちらが護衛の潮之助殿。

野上　俺を騙そうとしても無駄だ。（潮之助と小波に）どうせ、おまえらも演劇部なんだろう。でも、中学生にしてはやけに老けてるな。

みずき　どこまで疑えば、気が済むんだよ。いいか、野上。私たちの目の前には、ホンモノの渚姫がいるんだ。聞きたいことが、本人に直接聞けるんだよ。それをレポートに書いたら、クラスどころか、学年で一番になれるんだ。

野上　それは、こいつらがホンモノだったらの話だろう？

みずき　もういい。おまえがそのつもりなら、私は一人でやる。渚姫、私はあなたに聞きたいことがあるんだ。

渚姫　その前に、私がおまえに聞きたいことがある。

みずき　私に？

渚姫　ここは四百年先の世。とすれば、私はとうに死んでいることになる。私はいつ死んだ。なぜ死んだ。それを私に教えてほしい。

みずき　私は知らない。だって、この本は、あなたが生まれてから、十四歳までしか書いてないから。先生は知ってます？

有吉先生　さあ。渚姫の悲恋話は有名だけど、その後、どうなったかはちょっと。

みずき　（渚姫に）よし、図書室へ行こう。

渚姫　図書室？

みずき　そこで、歴史の本を調べるのよ。きっとどこかに書いてあるから。さあ、行こう。

みずきが渚姫の手を引っ張り、去る。

有吉先生　野上、おまえも行きなさい。
野上　どうして俺まで？
有吉先生　おまえと大原は同じグループだからだ。
野上　でも、俺はテーマを渚姫にしたわけじゃ。
有吉先生　いや、おまえたちのグループのテーマは渚姫だ。今、先生が決めた。
野上　そんな。大原、待ってくれ！

野上が去る。

8

トントが野上の後を追いかける。

トント 松太郎、僕たちも行かないと。
松太郎 図書室はこの学校の中だ。待っていれば、そのうち戻ってくるさ。それに、小波殿と潮之助殿は、まだアイスを食べ終わってないし。
トント おまえら、いつまで食べてるんだ。
有吉先生 (小波に)あなたたちも、袋の中から出てきたんですか?
小波 ええ。つい先程。
有吉先生 その前はどこに?
小波 江戸村の海辺の小屋です。三日ほど前から、その小屋に隠れていたのです。姫様が熱を出されたので。
潮之助 (有吉先生に)古浜国を出てから、昼も夜も歩き通しでした。気丈な姫様も、さすがにお疲れになったのでしょう。
小波 だから、私は船で行こうと。

潮之助　拙者は船に弱いのです。乗ると、ゲロゲロ吐いてしまう。護衛の拙者がゲロゲロしていたら、姫様を守ることができない。
小波　情けない。
潮之助　そういう小波殿こそ、半日も歩かぬうちに、疲れた、おんぶして、などと文句を言って。
小波　私がいつそんなことを言いました？
有吉先生　二人とも喧嘩しないで。それで、あなたたちはどこへ向かっていたのです。
小波　それは。
潮之助　言ってはなりませんぞ、小波殿。この男、一見、ただの木偶の坊ですが、吹雪御前の手の者かも。
松太郎　いや、この人は本当にただの木偶の坊です。私が保証します。
有吉先生　なぜあなたに保証できるんです。しかし、ありがたく保証してもらったとして、話の続きをさせてください。あなたたちが向かっていたのは、更津国ですか？
小波　なぜそれを？
有吉先生　僕も『渚姫の伝説』を読んだんですよ。しかし、あの子が本当に渚姫だとしたら、大変なことになるな。
トント　すいません、このことはぜひ内密に。ダメだ。こいつの心も汚れてる。松太郎、おまえから頼んでくれ。
松太郎　（有吉先生に）あなたは、みずきの先生ですか？
有吉先生　担任の、有吉楢三郎です。日本史を教えています。

松太郎　それで、そんなに詳しいんですか。私は十年前まで、大学で教鞭を取っていたんですが、専門が西洋史、しかも北ヨーロッパでしてね。日本史については全くの素人なんです。だから、渚姫というのも、初めて聞いた名前でして。よかったら、少し教えてくれませんか。
有吉先生　渚姫についてですか？
松太郎　ええ。
トント　そうじゃなくて、このことについてはぜひ内密にって頼むんだろう？
松太郎　お願いします。ぜひ教えてください。
有吉先生　渚姫が有名なのは、彼女の悲恋話が伝説になっているからです。
松太郎　悲恋話というのは？
有吉先生　渚姫は十四の歳に、尾張国の織田信友の妻になります。
松太郎　織田信友？
有吉先生　織田信長の五男。五番目の息子です。ところが、渚姫は尾張国へと旅立つ前の晩に、姿を消すのです。たった一人で。
小波　一人ではありません。私たちも一緒でした。
松太郎　渚姫は一体どこへ？
小波　更津国です。そこに、姫様の許嫁がおられるから。
松太郎　許嫁？
小波　宮尾高綱様。姫様は高綱様に一目会いたくて、城を抜け出したのです。
潮之助　拙者は何度もお止めしたのに、小波殿が行け行け、やれやれと煽るから。

小波　それは、潮之助殿でしょう。私はどうせ連れ戻されるだけだと、お止めしました。
松太郎　それで、渚姫は高綱さんに会えたんですか？
トント　悲恋話っていうぐらいなんだから、会えなかったんじゃないの？
松太郎　しかし、みずきは渚姫に憧れてるんだ。きっと会えたんだよ。（小波に）ねえ、そうなんでしょう？
小波　それは。
潮之助　危ない！

潮之助が小波を突き飛ばす。小波が倒れる。潮之助の手には手裏剣。
そこへ、氷次郎と嵐兵衛がやってくる。

氷次郎　さすがは潮之助。俺の手裏剣を手でつかむとはな。
松太郎　潮之助殿、この人たちは？
潮之助　姫様のお父上が飼っている忍です。古浜国を出るまでは、一緒に酒を飲んだりしたのですが。
嵐兵衛　渚姫はどこだ。
氷次郎　まあ、待て、嵐兵衛。（潮之助に）その前に、一つ聞きたいことがある。おまえが手に持っているものは何だ。
潮之助　これは菓子の一種で、アイスクリームという物だ。

氷次郎　うまいのか。
潮之助　うまいどころの騒ぎではない。冷たくて甘くて今にも頬が落ちそうだ。
氷次郎　寄越せ。
潮之助　断る。
氷次郎　それを寄越したら、渚姫を見逃してやると言ってもか。
嵐兵衛　勝手なことを言うな。俺は見逃さんぞ。
氷次郎　おまえにも一口やろうと思ってたのに。
嵐兵衛　氷次郎、とりあえず、交渉を続けろ。
氷次郎　わかった。どうする、潮之助。その菓子を取るか、渚姫を取るか。
潮之助　おまえの口車に乗るものか。菓子も姫様も両方手に入れるつもりだろう。
氷次郎　さすがは潮之助。俺の嘘を見抜くとはな。
小波　私だって、最初から見抜いていました。
氷次郎　だったら、仕方ない。力で手に入れるだけだ。その菓子、床に落とすなよ。

氷次郎が潮之助に斬りかかる。潮之助がかわして、アイスを有吉先生に渡す。嵐兵衛が潮之助に斬りかかる。潮之助がかわして、刀を抜く。氷次郎と嵐兵衛が潮之助に斬りかかる。激しい斬り合い。と、潮之助が小波に駆け寄り、懐から出したものを床に叩きつける。爆発。潮之助と小波が消える。

氷次郎　あの野郎、侍のくせに、俺たちみたいな真似をしやがって。

嵐兵衛　それは、おまえが教えたからだろう。
氷次郎　一緒に飲んでる時に、つい。しかし、とりあえず、菓子だけは手に入れた。（有吉先生に）寄越せ。
有吉先生　どうぞ。（とアイスを差し出す）
氷次郎　（受け取って、舐めて）うん、確かにうまい。

そこへ、吹雪御前がやってくる。氷次郎が慌てて、アイスを有吉先生に返す。

吹雪御前　氷次郎、拍手はまだか。
氷次郎　すみません、忘れてました。
吹雪御前　小波と潮之助はどこへ行った。
氷次郎　（松太郎に）どこへ行った。
松太郎　さあ。
氷次郎　じゃ、渚姫は。
松太郎　さあ。
嵐兵衛　（松太郎の匂いを嗅いで）御前。こいつの匂いは、さっきの屋敷でも嗅いだ覚えがあります。門の表札に、大原と書いてあった屋敷に。
吹雪御前　おまえ、大原屋敷の住人か？
松太郎　さあ。

吹雪御前　嵐兵衛、こいつを捕まえろ。

嵐兵衛が松太郎をつかむ。

松太郎　痛い痛い痛い。私が何をしたっていうんですか。
吹雪御前　おまえ、渚姫の行き先を知ってるな？
トント　松太郎、しゃべっちゃダメだよ。
松太郎　しゃべるもんか。（吹雪御前に）君たちは、渚姫の父上に、渚姫を連れ戻してこいって言われたんだろう。それが君たちの仕事だってことはよくわかる。しかし、渚姫を連れ戻すのは、みずきが宿題を書き上げてからにしてくれ。
吹雪御前　行き先はわからなかったが、おまえが渚姫の味方だということはよくわかった。よし、大原屋敷へ戻るぞ。
氷次郎　渚姫は追わないんですか？
吹雪御前　この街は、まるで異国だ。うろうろしてると、何が起こるかわからない。大原屋敷へ戻って、渚姫を待つことにしよう。
氷次郎　渚姫が大原屋敷に戻ってきますかね？
吹雪御前　戻ってくるさ。こいつを人質に取っておけば。
松太郎　私を人質に？
吹雪御前　（有吉先生に）渚姫がここに戻ってきたら、伝えろ。じじいを殺されたくなかったら、大

有吉先生　原屋敷へ来いと。
有吉先生　はい、確かに。

吹雪御前・氷次郎・嵐兵衛・松太郎が去る。後を追って、トントが去る。

有吉先生　私は一体どうすれば。アイスを食べながら、じっくり考えよう。

有吉先生が去る。

9

みずきの家。
竹雄と杉恵がやってくる。竹雄は頭に包帯を巻いている。

杉恵 あなた、大丈夫?
竹雄 心配するな、もう何ともない。だいたい、包帯なんか巻くほどの怪我じゃなかったんだ。こぶができただけなのに。
杉恵 でも、頭の怪我っていうのは、後が怖いのよ。やっぱり、お医者さんへ行って、検査してもらった方がいいんじゃない?
竹雄 本人が大丈夫だって言ってるんだから、それでいいだろう。イギリスの首都はロンドン、フランスの首都はパリ、イタリアの首都はローマ。ほら、動きもすっかり正常だ。
杉恵 じゃ、タンザニアの首都は?
竹雄 んー。
杉恵 ダルエスサラームよ。あなた、やっぱり病院へ行きましょう。
竹雄 待て、杉恵。俺は元々、タンザニアの首都なんて知らなかったぞ。

杉恵　嘘。中学の地理の授業で習ったでしょう？　私は覚えてるわよ。
竹雄　俺は地理は苦手だったんだ。でも、歴史なら誰にも負けない。織田信長の息子の名前は？
杉恵　長男が信忠、次男が信雄、三男が信孝、四男が秀勝、五男が信友。
竹雄　なぜ五男まで知ってるんだ。あ、いたた。（と頭を押さえる）
杉恵　ほら。やっぱり、お医者さんへ行った方がいいわよ。
竹雄　クソー。善良な市民を叩きやがって。今度会ったら、ただじゃおかないぞ。
杉恵　でも、あの人たち、忍者みたいに動きが素早かったわ。あなたじゃ、勝てっこないわよ。
竹雄　そんなことはない。俺はこう見えても、中学時代はブルース・リーが好きだったんだ。忍者の一人や二人、アチョーアチョーでノックアウトだ。

そこへ、氷次郎と吹雪御前がやってくる。

氷次郎　どうした、その頭は。こぶでもできたのか？
竹雄　おまえら、なぜ戻ってきた。
吹雪御前　しばらくここで待たせてもらう。氷次郎、この二人を縛れ。
竹雄　縛れだと？　まさか、私たちを監禁するつもりか？
吹雪御前　おとなしくしていれば、殺しはしない。
杉恵　あなた、アチョーアチョー。
氷次郎　どうした、熱でもあるのか。

杉恵　私は熱いって言ったんじゃありません。あなた、アチョーアチョー。
竹雄　杉恵、おまえは俺に死ねと言うのか。

氷次郎が懐から縄を取り出し、竹雄の腕をつかむ。
そこへ、嵐兵衛が松太郎をつかんでやってくる。後から、トントもやってくる。

杉恵　あ、お義父さん！
松太郎　（氷次郎に）待て。私の息子に何をするつもりだ。
氷次郎　ちょっと縛るだけだ。嵐兵衛、おまえはそいつを頼む。
松太郎　やめろ！

松太郎が氷次郎を突き飛ばす。竹雄が松太郎の陰に隠れる。

竹雄　お父さん、こいつらは一体何者ですか。
松太郎　戦国時代の忍者だ。
竹雄　そうか。日光江戸村の人たちですね？　でも、どうしてそんな人たちと知り合いになったんです。
松太郎　おまえは事情を根本的に誤解している。しかし、今は誤解を説いている暇はない。
氷次郎　つべこべ言わずに、そこに座れ。逆らうと、おでこにこぶが増えるぞ。

松太郎　トント君、袋の中から刀を出してくれ。
トント　冗談じゃない。サンタクロースが刀で人を斬るつもりか？
松太郎　そうじゃない。私は暴力は絶対に反対だ。しかし、家族を守るためなら、できるだけの抵抗はする。
吹雪御前　氷次郎、早くしろ。
松太郎　トント君！
トント　あー、また長官に怒られる！

トントが袋の中から刀を取り出す。

杉恵　あなた、袋の中から、刀が！
竹雄　刀が宙に浮いた！　こっちへ飛んでくる！

トントが刀を松太郎に渡す。

竹雄　お父さん、その刀は？
松太郎　持つ者を北風の如く研ぎ澄まし、刃向かう者を北風の如く震わせる、無敵の剣。その名も、北風剣（ほくふうけん）。
杉恵　「きたかぜのつるぎ」って書くのね？

松太郎　（刀を構えて）やあやあやあ、遠からん者は音にも聞け。近くば寄って目にも見よ。我こそは、北極圏サンタランドより参りし正義の使者。その名も、怪傑三太丸！
氷次郎　黙れ！

氷次郎が松太郎に斬りかかる。松太郎が氷次郎の刀を叩き落とし、拾う。

松太郎　トント丸！（と刀を差し出す）
トント　僕にも戦えって言うのか？（と刀を受け取る）
竹雄　また宙に浮いた！　まるで、誰かが持ってるみたいだ！
嵐兵衛　氷次郎。（と懐から小刀を出して、差し出す）
氷次郎　（受け取って）すまない。（松太郎に）なかなかやるじゃねえか。しかし、忍を舐めてもらっちゃ困るぜ。

氷次郎と嵐兵衛が松太郎に斬りかかる。松太郎とトントが応戦する。激しい斬り合い。が、さすがの氷次郎と嵐兵衛も、松太郎の北風剣にはかなわない。次第に劣勢になる。と、吹雪御前が火縄銃を撃つ。松太郎が刀を落とす。その刀を氷次郎が拾う。

杉恵　お義父さん！（と駆け寄る）
氷次郎　（松太郎に）無駄な汗をかかせやがって。この刀は俺がもらう。まずは、おまえの体で試し斬りだ。

竹雄　（松太郎の前に立って）やめろ！　親父に手を出すな！

氷次郎　腰抜けは引っ込んでろ！

吹雪御前　待て、氷次郎。

氷次郎　なぜ止めるんです。こいつは俺たちに刃向かった。生かしておくべきではありません。

吹雪御前　それは、おまえの本心ではない。本当は、「あー、ビックリした。一時はもうダメかと思った。せっかく今までクールに決めてたのに。これで完全にイメージダウンしちゃったな。悔しいな。でも、俺は諦めないぞ。ここは一発、残酷な所を見せて、名誉挽回をしよう」と思っているのだろう。

氷次郎　違います。

吹雪御前　（嵐兵衛に）おまえはどう思う。

嵐兵衛　御前の仰る通りです。氷次郎はこいつに恥をかかされたと思ってるんです。

氷次郎　だって、こんなジジイがあんなに強いなんて。

吹雪御前　ジジイが強かったのではない。その刀が強かったんだ。丸腰にしてしまえば、やはりただのジジイだ。殺すほどのこともない。

氷次郎　しかし。

吹雪御前　私は人質にすると言ったはずだ。三人とも縛って、蔵に放り込んでおけ。

杉恵　うちには蔵なんてありませんけど。

嵐兵衛　（松太郎に）立て。

トント　どうするんだよ、松太郎。
松太郎　ここでしゃべると、こいつらに聞かれてしまう。蔵の中で相談しよう。
杉恵　蔵なんかないって言ってるのに。
嵐兵衛　いいから、黙って、歩け。

松太郎・竹雄・杉恵・トントが去る。吹雪御前・氷次郎・嵐兵衛も去る。

10

飛鳥中学の図書室。
みずき・渚姫・小波・潮之助がやってくる。みずきはたくさんの本を抱えている。

小波　みずき様、いつまでここにいらっしゃるおつもりですか？
みずき　この本が全部読み終わるまで。
小波　しかし、もう日が暮れてきました。そろそろ屋敷へお戻りになった方がよろしいのでは。
みずき　夕飯までに戻れば、大丈夫。そうか。あなたたち、おなかが空いたの？
小波　ええ、先程から、腹の虫がグーグー。
潮之助　小波殿。
小波　（みずきに）腹の虫はどうでもよいのです。私が言いたいのは、吹雪御前のこと。ヤツらがまた襲ってきたら、どうするおつもりです。
みずき　でも、この学校にはもういないんでしょう？
潮之助　拙者が見回った限りでは。しかし、外で待ち伏せしている可能性もあります。暗くならないうちに、屋敷へ戻るべきです。

小波　（みずきに）それに、心配なのはあなたのお祖父様です。もし吹雪御前に捕まったとしたら。
みずき　平気平気。私のおじいちゃんはサンタクロースだから。
渚姫　サンタクロースとは何だ。
みずき　毎年十二月二十四日の夜に、世界中の子供たちに贈り物を配る人。袋の中から、何でもほしいものを出してくれるの。
渚姫　わかった。大黒様のことだな？
みずき　大黒様って？
渚姫　七福神のお一人で、人に福をもたらすお方だ。
みずき　あーあー、変な帽子をかぶってて、大きな袋と大きなトンカチを持ってる人？　全然違う。
渚姫　あらあら。（とズッコケる）
みずき　おじいちゃんは普通の人間。福の神でも貧乏神でもないの。
潮之助　それでは、吹雪御前に勝てるはずがない。
みずき　でも、おじいちゃんには袋がある。袋の中から、マシンガンとか光線銃とか出せば、負けるはずがない。（渚姫に）私たちは、本を読むことに集中しよう。

そこへ、野上がやってくる。本を一冊持っている。

野上　大原、この本は読んだか？　『神奈川県の歴史』。
みずき　ううん、まだ。

野上　古浜国って、神奈川にあったんだよな？　この本なら、渚姫のことが書いてあるんじゃないか？
みずき　そうか。戦国時代の本ばっかり探してて、神奈川の本は考えなかった。よし、今、すぐ読んで。
野上　俺が？
みずき　有吉先生が言ってただろう？　二人で協力しろって。
野上　読むよ。読めばいいんだろう？　そのかわり、朝までかかっても知らないからな。（と本を開いて）あっ！
みずき　何だよ、まだ文句があるのか？
野上　そうじゃなくて、ここを見ろよ。（と本を差し出す）
みずき　（受け取って読む）「渚と高綱」。これって、渚姫と宮尾高綱のことだ。
小波　私に読ませてください。（とみずきの手から本を奪って読む）「平岩義景には三人の娘がいた。長女が雪姫、次女が梢姫、三女が渚姫である」。姫様のお名前が書いてありますよ。
潮之助　拙者の名前は？
小波　あるわけないでしょう。（と読む）「渚姫が幼少の頃、父・義景は周辺諸国にその領土を脅かされ、しばしば戦を行った。幸い、義景の軍は強く、一度として負けることはなかった。が、義景は敗った国を併合しようとはせず、かわりに人質を差し出させ、戦の再発を防いだ。この時、更津国から送られてきた人質の中に、宮尾高時の嫡子・高綱がいた」。
みずき　（渚姫に）間違いない？

渚姫　間違いない。私が高綱様と初めてお会いしたのは、七つの時だった。

みずき　その時から好きだったの？

渚姫　私には姉が二人いたが、二人とも歳が離れていた。高綱様は私の一つ上。私は高綱様が人質であることも知らず、朝から晩までついて回った。高綱様、高綱様と。

小波　まるで仲のよい兄妹のようでした。それで、殿はお二人を許嫁になさったのです。

みずき　そうなんだ。私はもっと運命的な出会いなのかと思った。ロミオとジュリエットみたいに。

野上　渚姫は七歳だったんだぞ。七歳の女の子が、「おう、高綱。あなたはどうして高綱なの？」なんて言うか？

みずき　おまえの意見は聞いてない。（渚姫に）それで？

渚姫　私が十二になった年、高綱様の父上が亡くなった。高綱様は跡を継ぐため、更津国へ帰った。私はまたお会いできる日を楽しみに待っていた。ところが。

小波　今年の五月、殿が姫様をお呼びになって、こう仰ったのです。尾張国へ行け、織田信友様の妻になれと。

みずき　小説に書いてあった通りだ。それで、渚姫は城を抜け出して、更津国へ向かったのね？

渚姫　もう一度、高綱様に会うために。

小波　それで、私は高綱様にお会いできたのか？　更津国まで辿り着けたのか？

渚姫　（本を読む）「更津国の領内に入ると、渚姫の耳に驚くべき噂が飛び込んできた。それは、宮尾高綱が隣国から妻を迎えたという噂だった」。

渚姫　高綱様が、妻を？

みずき　（小波の手から本を取って）嘘だ。私が読んだ本のラストは、高綱が渚姫を迎えに来る場面だった。
野上　でも、あの本は小説だからな。有吉先生も、多少の誇張はあるって言ってたじゃないか。
みずき　うるさい！　おまえの意見は聞いてない！
渚姫　そうか。私のしていることは、すべて無駄であったか。
みずき　そんなことない。だって、この本には噂って書いてあるじゃない。実際に本人に会って、話を聞いてみなくちゃわからない。
渚姫　それで、私は高綱様にお会いできたのか。その本には書いてあるのだろう。
みずき　それは。
渚姫　姉上の言った通りだ。私は城を出るべきではなかった。
みずき　姉上って？
小波　長女の雪姫様です。今の名は、吹雪御前ですが。
みずき　ちょっと待ってよ。吹雪御前て、渚姫のお姉さんだったの？　そんなこと、あの本にはどこにも書いてなかった。
小波　吹雪御前の母は、殿の護衛をつとめる忍でした。忍は侍ではありません。商人や農民よりも身分が低いのです。姫様は今でも姉上とお呼びになっていますが、殿にとってはただの忍。我々にとっては、姫様を無理やり連れ戻そうとする、ただの敵です。
みずき　（渚姫に）そのお姉さんが、あなたになんて言ったの？
渚姫　「去る者は追うな。人の心は必ず変わる」と。

遠くに、吹雪御前が現れる。渚姫と吹雪御前が歌う。

♪――M6「蠍の火」

吹雪御前　いつか　きっと　会える時が来ると
信じて旅を続ければ
会える　きっと　会えば昔のように
なれると思ってた

渚姫　揺れる　揺れる　二人だけの記憶
君が笑った顔さえも
消える　消える　遠い空の彼方
決して追いつけない

みんな　ほしかった　ラララ　蠍の火
永遠に燃え続ける火
見つけたい　ラララ　蠍の火
夏の夜の空
見上げればそこにある赤く光る星
手が届きそうな

千年の時が過ぎ人が絶えても
そこにあるのだろう

みんなが空を見上げる。

吹雪御前

みんな

嘘を　ついた　つもりなどなくても
心が変われば嘘になる
だから　二度と　信じるのはやめよう
愛するのはやめよう
ほしかった　ラララ　蠍の火
永遠に燃え続ける火
見つけたい　ラララ　蠍の火
夏の夜の空
「まことのみんなの幸」のために
体燃やす蠍
みんなが忘れてもまだ燃え続ける
淋しくはないの？

吹雪御前が消える。

11

そこへ、トントがやってくる。袋を持っている。

トント　みずき、大変だ。（と倒れる）
みずき　（駆け寄って）トント、しっかりして。一体何があったの？
トント　竹雄さんと杉恵さんが忍者に捕まった。ロープでグルグル巻きにされて、押入れに放り込まれた。
みずき　パパとママが？　どうして？
野上　大原、おまえ、誰と話をしてるんだ？
トント　心が汚れてるヤツは黙ってろ。（みずきに）二人は人質にされたんだ。二人を殺されたくなかったら、渚姫を連れてこいってさ。
みずき　おじいちゃんは何をしてたんだ。黙って見てたのか？
トント　もちろん、戦ったよ。でも、あっさり負けて、一緒に人質になった。
みずき　サンタのくせに、だらしがない。
トント　どうする、みずき？　渚姫と一緒に家に帰るか？

みずき　でも、今、吹雪御前に捕まったら、渚姫は古浜国に連れ戻される。
トント　でも、早く帰らないと、松太郎たちの命が危ないんだ。
渚姫　帰ろう、みずき。
みずき　え？
渚姫　おまえの父上や母上にご迷惑をかけるわけにはいかぬ。姉上には、私が頭を下げれば、それで済む。
みずき　じゃ、更津国にはもう行かないの？
渚姫　もちろん、行く。行って、高綱様にお会いするまでは、絶対に帰らぬ。
みずき　でも、吹雪御前が行かせてくれるかな。
渚姫　私が頼めば、きっと許してくださる。高綱様に一目お会いしたら必ず帰ると約束すれば。
小波　私はそうは思いません。
渚姫　なぜだ。
小波　吹雪御前には、姫様を古浜国へ連れ戻す気などありません。捕まえ次第、斬るつもりです。
みずき　どうして渚姫を斬るの？　吹雪御前は渚姫のお姉さんだろう？
小波　姉上だから斬るのです。吹雪御前は殿のお子でありながら、忍の娘として育てられました。庭や池で遊ぶかわりに、山や谷を走らされました。お茶やお琴を習うかわりに、忍術や剣術を覚えさせられました。姫様を恨むのは、当然のことです。
渚姫　そんなことはない。姉上は、見かけは確かに恐ろしいが、心は優しい人だ。
小波　そう思っているのは、姫様だけです。（みずきに）姫様には、吹雪御前の他のもう一人、

みずき　梢姫という姉上がいらっしゃいました。

小波　（本を開いて）うんうん。ここに書いてある。その梢姫が、一年ほど前にお亡くなりになったのです。原因はご病気ということでしたが、私たちは信じていません。梢姫は、吹雪御前がお見舞いに来た、次の日に亡くなったからです。

みずき　まさか。

小波　そうです。吹雪御前が毒を盛ったのです。

潮之助　危ない！

潮之助が小波を突き飛ばす。小波が倒れる。潮之助の手には手裏剣が二本。そこへ、氷次郎・嵐兵衛がやってくる。氷次郎は北風剣を持っている。

氷次郎　クソー。二本投げてもダメか。

野上　大原、こいつらは誰だ？　また演劇部のヤツらか？

みずき　違うって言ってるだろう。トント、こいつらが吹雪御前の部下？

トント　そうだよ。君の家にいたはずなのに、どうしてここに来たんだろう。

小波　（氷次郎に）私たちがここにいるって、よくわかりましたね。

氷次郎　いや、俺たちはその袋を追いかけてきただけだ。まさか、おまえたちの居場所まで案内してくれるとはな。袋よ、ありがとう。

トント　どういたしまして。
氷次郎　姫様、御前がお待ちです。我々と一緒に来ていただけますか。
渚姫　わざわざ迎えに来なくても、こちらから行くつもりだった。
氷次郎　そうでしたか。では、どうぞ、こちらへ。
潮之助　姫様、行ってはなりませぬ。
氷次郎　おいおい、邪魔しないでくれよ。姫様は行くって仰ってるんだぜ。
潮之助　拙者のつとめは、姫様のお命をお守りすること。たとえ姫様が行くと仰っても、行かせるわけにはいかんのだ。
氷次郎　嵐兵衛、出口を塞げ！
嵐兵衛　言われなくても、塞いでいる。
氷次郎　また煙玉を使うつもりだったんだろうが、そうはさせん。嵐兵衛、こいつを持ってろ。
（と北風剣を投げる）
嵐兵衛　（受け取って）こいつは使わないのか。
氷次郎　潮之助の一人や二人、俺の刀で十分だ。（と刀を抜いて）抜け、潮之助。
潮之助　小波殿、姫様をお願いします。（と刀を抜く）
氷次郎が潮之助に斬りかかる。激しい斬り合い。が、次第に氷次郎が劣勢になる。
氷次郎　嵐兵衛、やっぱりそいつを貸してくれ。

嵐兵衛　情けない。（と北風剣を差し出す）

氷次郎　（受け取って）見てるだけのくせに、文句を言うな。（潮之助に）今までは準備体操だ。今からが本番だからな。

氷次郎が潮之助に斬りかかる。激しい斬り合い。が、さすがの潮之助も、氷次郎の北風剣にはかなわない。潮之助が腕を斬られて、倒れる。氷次郎が潮之助に斬りかかる。渚姫が潮之助を庇う。

小波　姫様！

氷次郎　姫様、そこをどいてくれませんか。

渚姫　潮之助を斬る前に、私を斬りなさい。

小波　そんなことを仰って、本当に斬られたらどうするんです。その男は、吹雪御前の部下ですよ。獣ですよ。鬼畜ですよ。

氷次郎　俺が鬼畜だと？

嵐兵衛　怒るな、氷次郎。小波殿の言うことにも一理ある。

氷次郎　それは俺も認める。しかし、俺は女は絶対に斬らん。

嵐兵衛　（渚姫に）姫様のお気持ちに免じて、潮之助の命は助けることにします。さあ、お立ちください。

渚姫と小波が潮之助を助け起こす。

みずき　トント、何とかして。
トント　そう言われても、僕じゃ、北風剣にはかなわないよ。
みずき　剣じゃなくて、マシンガンでも光線銃でも出せばいいじゃない。
トント　（袋から光線銃を出して）光線銃って、これかい？（と差し出す）
嵐兵衛　貸して。（と受け取って）トント、これ、おもちゃの銃。
みずき　（渚姫に）それでは、姫様、参りましょうか。
野上　待て！（と竹刀を構える）
嵐兵衛　何の真似だ。
野上　俺と大原は渚姫を研究してるんだ。その渚姫を殺させるわけにはいかない。
氷次郎　ガキの相手をしている暇はない。行くぞ、嵐兵衛。
野上　ガキとは何だ。俺はこう見えても、剣道初段だ。

野上が氷次郎に撃ちかかる。氷次郎が避けて、野上を突き飛ばす。野上はよろめくが踏ん張り、氷次郎に撃ちかかる。氷次郎が避けて、野上を殴る。野上が吹っ飛び、嵐兵衛の前に。嵐兵衛が刀を振る。野上が倒れる。

みずき　野上！（と駆け寄る）
氷次郎　斬ったのか、嵐兵衛。

嵐兵衛　峰打ちだ。ガキにはこれぐらいで十分だ。さあ、姫様。

　　渚姫・小波・潮之助・氷次郎・嵐兵衛が去る。

みずき　大丈夫か、野上。
野上　俺はうちの剣道部で一番強いんだ。その俺でも歯が立たないなんて。あいつら、演劇部じゃないな。
みずき　だから、さっきから言ってるじゃないか。あいつらは本物の忍者なんだよ。

　　そこへ、有吉先生がやってくる。

有吉先生　やはり本物か。大原の話は嘘じゃなかったみたいだな。
みずき　先生、今までどこにいたんですか?
有吉先生　すまない、大原。先生は職員室に隠れてたんだ。あいつらが怖くて。
トント　それでも教師か。
野上　クソー、あいつら、絶対に許さないぞ。(と立ち上がる)
有吉先生　どこへ行くんだ、野上。
野上　決まってるでしょう。後を追いかけるんですよ。
有吉先生　しかし、あいつらは本物の刀を持ってるんだぞ。おまえの竹刀では勝ち目がない。急いで、

野上　警察に電話しよう。

みずき　電話して、なんて言うんです。忍者に襲われた、助けてくれって言うんですか？　信じてくれるわけがない。俺たちは自分の力で渚姫を助けます。行くぞ、大原。

野上　おまえ、私の話を信じたのか？　あの人が、本物の渚姫だって。

信じろって言ったのはおまえじゃないか。さあ。（と走り出す）

トント・みずき・野上が去る。

有吉先生　私は一体どうすれば……。考えるまでもない。私は大原と野上の担任だ。大原！　野上！　待ってくれ！

有吉先生が去る。

12

みずきの家。

松太郎・竹雄・吹雪御前がやってくる。吹雪御前はロープを持っている。そのロープは松太郎の手首を縛り、竹雄の手首を縛り、さらに舞台袖まで伸びている。

竹雄 （吹雪御前に）いつまで縛っておくつもりだ。そろそろ夕食の時間だぞ。

松太郎 確かに、腹が減ったな。（吹雪御前に）どうです。今から一時間だけ休憩ということにして、ご飯を食べませんか。

吹雪御前 ダメだ。

竹雄 そう言うと思った。（松太郎に）お父さんはサンタでしょう？ サンタだったら、袋の中からサンドイッチでも出してくださいよ。

松太郎 そうしたいのはやまやまだが、今は袋がない。

竹雄 袋がなければ何もできないんですか。全くだらしがない。

松太郎 おまえは私をバカにしてるのか？

竹雄 お父さんがバカにされるようなことを言うからですよ。自分はサンタだとか、この人は忍者だとか。

松太郎　なあ、竹雄。おまえが私の話を信じないのは仕方ない。しかし、親に向かって、そういう口のきき方はないだろう。子供の頃のおまえは、もっと礼儀正しい子だったのに。

吹雪御前　変わってしまったな。

松太郎　この子の母親は、この子が七歳の時に亡くなりましてね。私一人でどうやって育てていこうかと途方に暮れたんです。しかし、この子は実によく頑張ってくれた。掃除や洗濯を手伝ってくれたり、雨の日は傘を持って駅まで迎えに来てくれたり。素直で優しい子だったんです。

吹雪御前　変わってしまったな。

竹雄　俺は食品会社の営業課長です。営業課長が素直で優しかったら、うちの会社は潰れてしまう。

松太郎　（吹雪御前に）学校でも同じです。同級生がイジメられていると、進んで助けに行った。喧嘩は弱かったので、すぐにやられてしまいましたが。

吹雪御前　それは今でも変わらないな。

竹雄　（松太郎に）お父さん、昔の話はもうやめましょう。

松太郎　覚えてるか、竹雄。昔、二人でよく歌ったじゃないか。おまえが学校で習ってきた、『夢を見る力』って歌。

竹雄　さあ、どんな歌でしたっけ。

松太郎　本当は覚えてるくせに。よし、二人で一緒に歌おう。そうすれば、きっと昔のおまえに戻れる。さあ、行くぞ。

竹雄 ちょっと待ってください。俺は、歌うとは言ってませんよ。

松太郎が歌う。竹雄・吹雪御前も歌う。

♪――M7「夢を見る力」

松太郎 七夕の短冊　いろんな願い事
いつも僕たちは書いていた
織姫と彦星　会えるといいな
算数のテストで　百点とりたい
祈った　あの日

竹雄 クリスマスの靴下　樅の木の枝先に
いつも僕たちは吊るしてた
五段変速の　自転車がほしい
サンタに頼んだ　あの日

三人 大人になったら　なくしてしまった
夢を見る　その力
大人に見えない　ものを見る力

そこへ、杉恵がやってくる。手首をロープで縛られている。舞台袖まで伸びていたロープは、杉恵の手首につながっていたのだ。

杉恵　ごめんなさい、遅くなっちゃって。
松太郎　随分長かったですね、トイレ。
杉恵　両手を縛られてるから、パンツが下ろしにくくて。あら、ごめんなさい。
吹雪御前　よし、また押入れに入ってもらおうか。
杉恵　はいはい、わかりました。
松太郎　竹雄、行こう。
竹雄　ちょっと待ってください。お父さんはさっき、俺が変わったって言いましたよね？　しかし、俺から見れば、変わったのはお父さんの方です。昔は冗談は言っても、嘘はつかない人だった。
松太郎　嘘じゃない。私は本当にサンタなんだ。十年前から、サンタの仕事をしているんだ。
吹雪御前　おい、行くぞ。
竹雄　あなたは横から口を出さないでください。（松太郎に）お父さんは神父でも牧師でもない。それがどうしてサンタになれたんです。
松太郎　フィンランドのコルヴァトゥントゥリという所を歩いていたら、スカウトされたんだ。

竹雄　「君、サンタにならないか？」って。
松太郎　誰に。
竹雄　サンタランドの長官だ。会うのは初めてだったのに、長官は私のことをよく知っていた。私のことを、何年も前から調べていたらしい。こいつはサンタに向いていると。
松太郎　それですぐに引き受けたってわけですか。俺には一言の相談もなしに。
竹雄　それは本当に反省している。しかし、おまえなら、私がいなくても大丈夫だと思ったんだ。賢い嫁さんももらったし、かわいい娘も生まれたし。
松太郎　傍目にはそう見えるかもしれないけど、うちだっていろいろ大変なんです。
竹雄　まさか、おまえが浮気を？
松太郎　してませんよ、そんなこと。
杉恵　じゃ、杉恵さんが浮気を？
松太郎　違います。大変なのはみずきですよ。
杉恵　もしかして、友達がいないってことですか？
松太郎　お義父さん、知ってたんですか？
杉恵　十日も一緒にいればわかりますよ。しかし、どうしてなのかな。家にいる時はあんなに明るいのに。
松太郎　あの子は、去年、学校でイジメに遇ったんです。それで今年の四月に、別の学校に転校したんです。
杉恵　あの子がイジメに？　しかし、どうして？

杉恵　最初にイジメられたのは、他の子でした。みずきはその子をかばったんです。すると、今度は、みずきがイジメられた。みずきの友達だった子までが、みずきをイジメたんです。

松太郎　そうか。みずきは友達に裏切られたのか。

そこへ、氷次郎がやってくる。北風剣を持っている。

氷次郎　ただいま戻りました。

吹雪御前　おまえ、今まで、どこへ行っていた。一人でこいつらの面倒を見るのは、大変だったんだぞ。

氷次郎　まあ、そう怒らないで。お詫びに、土産を持ってきましたから。嵐兵衛！

そこへ、渚姫・小波・潮之助・嵐兵衛がやってくる。

吹雪御前　これはこれは、渚姫ではないか。小波殿と潮之助殿もご一緒か。

嵐兵衛　昼間行った、中学という屋敷の、図書室という部屋に隠れていました。

氷次郎　（吹雪御前に）捕まえたのは俺です。

吹雪御前　そうか。礼を言うぞ、氷次郎。

氷次郎　え？　礼だけですか？

吹雪御前　なんだ。頭をなでなでしてほしいのか？

氷次郎　そうじゃなくて、何か褒美は？
吹雪御前　ああ、褒美か。では、これをやろう。そこの女にもらった菓子だ。（と懐からポッキーを取り出して）名前は確か……。
杉恵　ポッキーです。とってもおいしいですよ。
氷次郎　ありがたく頂戴します。（と受け取って、舐めて）うん、確かにうまい。
吹雪御前　（渚姫に）随分、世話を焼かせてくれたたな。たっぷりお仕置きしてやるから、覚悟しろ。
小波　やっぱり、殺す気なんですね？
潮之助　（吹雪御前に）首を鋸で切るのか？　それとも、釜ゆでか？
吹雪御前　それは、城へ帰ってからの話だ。
渚姫　姉上、私は城へは帰りません。
吹雪御前　何だと？
渚姫　私は更津国へ参ります。高綱様に一目お会いしたいのです。お会いできたら、すぐに帰ると約束します。だから、それまで待ってください。
吹雪御前　ダメだ。おまえは絶対に帰らない。
渚姫　いいえ。帰ります。私を信じてください。
吹雪御前　おまえには忍というものがまるでわかっていないようだな。忍は誰も信じない。家族も、仲間も、自分さえもだ。人の心は必ず変わる。変わらない物など、この世にはない。
渚姫　私の心は変わりません。
吹雪御前　しかし、高綱の心は変わったぞ。どう変わったかは言わずにおいてやるが。

渚姫　隣国から妻を迎えられたことですか？
吹雪御前　ほう、知っていたのか。それなら、なぜ会いに行く。
渚姫　お別れを言うためです。私は尾張国へ行きますと。
吹雪御前　自分を捨てた男に、わざわざ挨拶しに行くというのか。バカバカしい。嵐兵衛、こいつらに縄を打て。
渚姫　どうしても聞いていただけませんか。
吹雪御前　渚、よく聞け。人の爪は日に日に伸びる。伸びては切り、伸びては切りを繰り返すうちに、違う爪になる。見た目は同じでも、一年前とは全く別の爪になるのだ。心も同じだ。日々の暮らしのうちに少しずつ形を変え、一年後には全く別の心になる。
渚姫　私の心は違います。
吹雪御前　違わない。一年経てば、高綱への思いは消える。十年経てば、顔さえ思い出せなくなるだろう。ならば、今、消してしまった方が早い。城へ帰った方が早いのだ。嵐兵衛、早く縄を打て。

13

そこへ、野上がやってくる。野上は剣を持っている。

野上　待て！
氷次郎　誰かと思ったら、さっきのガキか。こんな所へ何しに来た。
野上　決まってるだろう。おまえらを倒しにだ。
氷次郎　しつこいヤツだな。この菓子をやるから、とっとと帰れ。（とポッキーを差し出す）
野上　断る。（と氷次郎に刀を向けて）大原！

そこへ、トント・みずき・有吉先生がやってくる。松太郎・竹雄・杉恵のロープを解く。

トント　松太郎！　今、ロープを外すからね。
松太郎　ありがとう、トント君。
氷次郎　（野上に）どうしても痛い目に遇いたいようだな。
みずき　中学生だと思って甘く見ると、後悔するよ。野上が持ってるのは、太陽剣なんだから。

氷次郎　何が太陽剣だ。俺様の北風剣に勝てると思ってるのか？

有吉先生　ハッハッハッ！　君は『北風と太陽』という話を知らないようだな。ある時、コートを着た男が道を歩いているのを見て、北風と太陽が賭をした。男のコートを先に脱がせた方が勝ちという賭だ。北風が突風で吹き飛ばそうとすると、男は必死でコートの襟をかきあわせた。が、太陽が温かい日射しを注ぐと、男はコートを脱いだ。

氷次郎　それと、その剣と何の関係があるんだ。

有吉先生　関係はない。が、昔から北風は太陽にかなわないと決まっている。この勝負、君の負けだ。

野上　（氷次郎に）渚姫を殺そうったって、そうはさせない。俺の剣を受けてみろ。

氷次郎　仕方ない。そこまで言うなら、相手をしてやる。

吹雪御前　待て、氷次郎。

氷次郎　いや、待ちません。忍を舐めるとどんな目に遇うか、たっぷり教えてやります。

吹雪御前　その必要はない。（野上に）おまえは大きな誤解をしている。私には渚姫を殺すつもりなどない。

みずき　嘘をついても無駄よ。話は小波さんからみんな聞いてるんだから。

吹雪御前　話というのは、例の法螺か。私が梢姫を毒殺したという。

小波　法螺ではありません。

吹雪御前　それが事実だとしたら、殿はなぜ私に渚姫を捕まえろと命じた。渚姫を殺すかもしれない私に。

小波　おまえは、殿にとっては実の娘です。実の娘を疑う父親などいません。

吹雪御前　渚姫は、私にとっては実の妹だ。実の妹を殺す姉などいない。
小波　しかし、おまえは忍です。
吹雪御前　渚、おまえはどう思う。私がおまえを殺すと思うか。
渚姫　いいえ。私は姉上を信じています。
吹雪御前　（野上に）わかったか、坊主。私の仕事は、渚姫を古浜国へ連れて帰ることだ。殺したりなどしないから、その剣は下ろせ。
野上　え？　せっかくカッコよく出てきたのに。

潮之助が立ち上がり、野上の手から太陽剣を奪う。

小波　潮之助殿！

潮之助が嵐兵衛に斬りかかる。嵐兵衛が避ける。潮之助が渚姫の手を引っ張り、自分の後ろに隠す。

吹雪御前　何のつもりだ、潮之助。
潮之助　先程、おまえは何と言った。忍は誰も信じないと言ったな？　ならば、拙者もおまえを信じない。姫様は絶対に渡さない。
吹雪御前　バカな真似はやめろ。おまえは信じなくても、渚姫は信じると言ってるんだ。
渚姫　（潮之助に）姉上の言う通りです。刀を下ろしてください。

潮之助　姫様、あなたは高綱様を信じたのに裏切られた。それなのに、また吹雪御前を信じるのですか？
渚姫　ええ。だから、おまえも信じてください。
潮之助　姫様、お願いがあります。
渚姫　お願い？
潮之助　拙者は姫様をお守りするためなら、命も惜しくありません。だから、拙者を信じてください。吹雪御前を信じる前に、拙者を信じてください。
嵐兵衛　くだらないことを言ってないで、渚姫をこっちに寄越せ。

嵐兵衛が潮之助に斬りかかる。潮之助の刀に弾き飛ばされて、倒れる。

氷次郎　嵐兵衛！
渚姫　やめなさい、潮之助。
潮之助　姫様、もう一つ、お願いあります。拙者と一緒に、ここに残ってください。
渚姫　ここに残れとは？
潮之助　更津国へ行っても、高綱様には奥方がいる。古浜国へ戻ろうとすれば、吹雪御前に殺される。ならば、ここに残るのが一番いい。
渚姫　ここで暮らせというのですか？　おまえと二人で。
吹雪御前　（潮之助に）そうか。貴様、渚に惚れていたのか。

小波　まさか。

潮之助　拙者は姫様に幸せになってほしいだけだ。この世界には戦もなければ、飢えもない。国のために知らない男の嫁になったり、忍に命を狙われたりすることもない。姫様のお好きなように生きられるのだ。

渚姫　私の好きなように？

潮之助　みずき殿と一緒に学校へ通ってもいい。図書室で朝から晩まで書物を読んでもいい。だから、拙者とここに残ってください。

氷次郎　バカを言うのもいい加減にしろ。

氷次郎が潮之助に斬りかかる。潮之助の刀に弾き飛ばされて、倒れる。

吹雪御前　氷次郎！

潮之助　死にたくなければ、ここから出ていけ。嵐兵衛も、吹雪御前もだ。

松太郎　待ちなさい、潮之助殿。

潮之助　あなたは黙っていてください。

松太郎　いや、黙りません。あなたの気持ちはよくわかった。しかし、大切なのは渚姫の気持ちだ。渚姫がここに残りたいと言うなら、私は喜んで協力する。

トント　待てよ。そんなことをしたら、今度こそ、長官に怒られるぞ。

松太郎　君が黙っていれば、長官にはわからない。とにかく、渚姫は私が責任を持ってお預かりす

竹雄　る。みずきの姉妹として、養子にすればいいんだ。なあ、竹雄。
杉恵　あの子を養子に？　いきなり、そんなことを言われても。
みずき　私は大歓迎ですよ。みずきも、姉妹がいた方が楽しいだろうし。
松太郎　でも。
みずき　でも、何だ。
松太郎　渚姫と姉妹になれるのはとってもうれしいけど、そんなことしたら、歴史が変わっちゃうじゃない。渚姫のお父さんだって心配するだろうし。
松太郎　それは仕方ないことだ。誰かが幸せになれば、誰かが不幸せになる。どうします、渚姫。あなたはここに残りますか？
渚姫　潮之助、私は元の世界へ帰ります。
潮之助　姫様。
渚姫　私は私のしたことで、他の誰かを不幸せにしたくない。たとえ父上のご命令であっても、それで古浜国が幸せになるなら、私は尾張国へ行きます。
潮之助　いいえ、行かせません。たとえ姫様が何と言おうと、絶対に行かせません。

吹雪御前が火縄銃を撃つ。潮之助が太陽剣で弾丸を叩き落とす。

吹雪御前　まさか。
潮之助　十数えるうちに、ここから出ていけ。出ていかなければ、殺す。

松太郎　トント君、刀を出してくれ。
トント　でも、太陽剣は世界最強の剣なんだ。あれに勝てる剣なんてないよ。
松太郎　だったら、北風剣と同じ剣でいい。さあ。

トントが袋の中から刀を取り出し、松太郎に渡す。

竹雄　お父さん、その刀は？
松太郎　持つ者を南風の如く熱くし、歯向かう者を南風の如く溶かす、無敵の剣。その名も南風剣（なんぷうけん）。
杉恵　「みなみかぜのつるぎ」って書くのね？
松太郎　（刀を構えて）やあやあやあ、遠からん者は音にも聞け。近くば寄って目にも見よ。我こそは、日本中の子供たちの味方。その名も、怪傑三太丸！
氷次郎　今回だけは加勢するぜ。（と北風剣を構える）
嵐兵衛　（松太郎に）俺もだ。
野上　（松太郎に）僕もそうしたいけど、刀がない。
松太郎　トント君、刀をあと二本追加。
トント　2本も？

トントが袋の中から刀を二本取り出し、松太郎に渡す。

松太郎　（嵐兵衛に刀を渡して）これは西風剣、（野上に刀を渡して）これは東風剣。四本合わせれば、東西南北から風が吹き込み、竜巻が起きる。人呼んで、竜巻剣。潮之助殿、怪我をしたくなかったら、渚姫を返しなさい。

潮之助　断る！

潮之助が松太郎に斬りかかる。松太郎が避ける。潮之助に松太郎・氷次郎・嵐兵衛・野上が斬りかかる。激しい斬り合い。氷次郎・嵐兵衛・野上が潮之助の刀に弾き飛ばされて、倒れる。松太郎が野上の手から東風剣を取る。

松太郎　潮之助殿、もう終わりにしましょう。

潮之助　うるさい！

潮之助が松太郎に斬りかかる。激しい斬り合い。潮之助が松太郎の刀に弾き飛ばされて、倒れる。氷次郎・嵐兵衛が立ち上がり、潮之助に斬りかかる。渚姫が潮之助を庇う。

小波　姫様！

氷次郎　（渚姫に）そこをどけ！

松太郎　やめなさい。斬り合いはもうたくさんだ。

氷次郎　黙れ！　今度という今度は許さない。八つ裂きにしてやる。
松太郎　トント君！

トントが氷次郎の手から北風剣を奪い、袋の中に入れる。さらに、嵐兵衛の手から西風剣を奪い、潮之助の手から太陽剣を奪い、袋の中に入れる。

氷次郎　こら、袋！　刀を返せ！
松太郎　（刀を突き出して）動くな。動くと君が八つ裂きになるぞ。
氷次郎　クソー。
松太郎　渚姫、こいつは私が食い止めます。だから、今のうちに。
渚姫　わかりました。さあ、行きましょう、小波、潮之助。
潮之助　拙者も行っていいのですか？
渚姫　おまえ以外に、誰が私を守ってくれるというのです。
潮之助　姫様。（と泣く）
小波　あらあら、侍のくせにだらしがない。さあ、涙を拭いて。
みずき　渚姫。
渚姫　みずき。いろいろと世話になったな。
みずき　やっぱり、高綱に会いに行くの？
渚姫　ああ。

吹雪御前　なぜそこまで、高綱を思う。高綱はおまえを裏切ったんだぞ。おまえの心を踏みにじったんだぞ。

渚姫　踏みにじられた心より、踏みにじった心の方が、傷ついているかもしれません。私より、高綱様の方が傷ついているかもしれません。だから、私はこう言いたいのです。どうぞ、幸せになってください。私も幸せになりますと。

吹雪御前　（笑って）どこまでお人好しなんだ。

渚姫　姉上の妹ですから。

吹雪御前　私の妹だから、悲しい思いをさせたくなかった。何も知らないまま、尾張国へ行かせたかったのだ。

有吉先生　大丈夫ですよ。渚姫は本当に幸せになりますから。

吹雪御前　何だと？

有吉先生　織田信友の妻になって、五人も子供を産んで、幸せに暮らすんです。織田家の人々はみんな非業の死を遂げるけど、信友と渚姫だけは天寿を全うするんです。

吹雪御前　（渚姫に）そうか。私が世話を焼かなくても、おまえは強く生きるのだな。

渚姫　それでは、私が更津国へ行くのを、許してくださいますか？

吹雪御前　バカを言うな。殿のご命令は、おまえを一日も早く連れ戻すことだ。元の時代に帰ったら、すぐに捕まえてやる。

渚姫　簡単には捕まりませんよ。私には、潮之助という強い味方がいるのですから。さあ、潮之助、小波、行きましょう。

トント・渚姫・小波・潮之助が去る。後を追って、松太郎・吹雪御前・氷次郎・嵐兵衛が去る。反対側へ、みずき・竹雄・杉恵・野上・有吉先生が去る。

14

トントがやってくる。トントが袋の中から電話を取り出し、かける。
遠くに、長官が現れる。受話器を持っている。

トント もしもし、もしもし。

長官 はい、こちら、サンタランド。

トント 長官ですか？　トントです。

長官 馬鹿者！　今日は何日だと思ってるんだ。八月三十一日。夏休みの最後の日だぞ。なぜ今まで連絡を寄越さなかった。

トント この前、長官が言ったじゃないですか。便りがないのはよい便りって。

長官 ほう。じゃ、日本担当は何も問題を起こさなかったのか。

トント ええ。孫娘のみずきと海水浴へ行ったり、ハイキングへ行ったり。昨日なんか、映画を見てきましたよ。『スターウォーズ・エピソード1』。

長官 じゃ、サンタクロースの能力は使ってないんだな？

トント ええ。一回も。

長官　馬鹿者！　袋の中からお姫様や忍者を出して大乱闘。挙げ句の果ては「我こそは怪傑三太丸」などと言って自分まで暴れたそうじゃないか。
トント　なぜそれを？
長官　忘れたのか。十年前に大原松太郎が来るまでは、私が日本担当だったということを。私の本名は有吉楢一郎。
トント　そう言えば、みずきの担任の先生も有吉。
長官　楢三郎は私の孫だ。話はすべて、楢三郎から聞いてるんだ。
トント　道理で顔が似ているはずだ。
長官　今頃気づいたか、馬鹿者。
トント　全部バレているということは、僕と松太郎は？
長官　クビだ。
トント　やっぱり。
長官　と言いたいところだが、すべては孫娘のためにしたことだ。今回だけは大目に見てやる。
トント　良かった。
長官　そのかわり、帰ってきたらトイレ掃除だ。それも、一カ月。
トント　一カ月も？（受話器を手で塞いで）長官の馬鹿者！
長官　それで、おまえたちはいつ帰ってくるんだ。
トント　今日の昼過ぎの便で日本を発ちます。だから、そちらには明日の朝に。
長官　お土産を楽しみにしているぞ。じゃあな。

長官が消える。トントが電話を袋に仕舞う。松太郎がやってくる。

トント だってさ。

松太郎 わかった。長官へのお土産は、柄付きタワシとサンポールにしよう。

トント 賛成。

そこへ、みずき・竹雄・杉恵がやってくる。みずきはトランクを持っている。

杉恵 お義父さん、本当に見送りに行かなくていいんですか？

松太郎 成田までは遠いし、これが今生の別れというわけでもない。玄関でさよならということにしましょう。

杉恵 わかりました。来年の夏もまた来てくださいね。トントさんも。

トント 僕はこっちだよ。

松太郎 杉恵さん、トント君は私の隣にいます。

杉恵 すみません。袋がそこにあるから、てっきり。私の心はやっぱり汚れてるんですね。

松太郎 いいえ。トント君が見えないのは、あなたが大人だからです。しかし、あなたはトント君の存在を信じてくれた。それだけで、私はうれしい。

トント （竹雄を示して）でも、こいつはまだ信じてないよ。

松太郎　（小声で）竹雄は頑固だからな。
竹雄　何か言いましたか？
松太郎　いや、何も。みずき、トランクを貸しなさい。
みずき　あと五分だけ待ってくれない？　野上が来るはずなんだ。
竹雄　野上というのは、この前、家に来た、剣道部の子か？
杉恵　ええ。みずきの同級生で、一緒に宿題をやってるんです。
竹雄　（みずきに）おまえにも、やっと友達ができたんだな。
みずき　野上は友達じゃないよ。たまたまグループが一緒になっただけで。
松太郎　みずき、おまえは「友達なんかいらない」って言ってたな？　その気持ちは今でも変わらないのか？
みずき　それは……。
松太郎　おまえは今でも許せないのか？　おまえを裏切った子が。
みずき　渚姫に会うまでは許せなかった。だって、前の日までは普通におしゃべりしてたのに、いきなり口をきいてくれなくなったんだよ。他の子と一緒になって、私の体操服を隠したり、机や椅子をビショビショにしたり。小学校から、ずっと仲良しだったのに。
松太郎　その子は自分を守ったんだろう。おまえと一緒にイジメられるのを恐れたんだ。
みずき　でも、渚姫が言ってたよね？　「踏みにじられた心より、踏みにじった心の方が傷ついているかもしれない」って。私、その子に手紙を書いたんだ。「私は元気にやっています」って。そうしたら、すぐに返事が来た。「ごめんね、ごめんね」って何回も書いてあった。

松太郎　渚姫の言った通りだったのか。

みずき　来週、その子の家に遊びに行くんだ。学校は別々になっちゃったけど、その子とはやっぱり友達でいたい。だって、小学校からの付き合いだからね。渚姫に会わなかったら、こんなふうには思わなかったと思う。おじいちゃん、渚姫に会わせてくれて、ありがとう。

杉恵　(松太郎に) 私からもお礼を言います。みずきが前みたいに明るくなったのは、お義父さんのおかげです。

松太郎　どうだ、トント君。私の思っていた通りになったじゃないか。

トント　それじゃ、松太郎は最初からそのつもりで？

松太郎　いや、全くの偶然だ。しかし、この袋には最初からわかっていたのかもしれない。

そこへ、野上と有吉先生がやってくる。野上は紙の束を持っている。

野上　ごめんごめん、遅くなっちゃって。

みずき　レポートは持ってきたか？

野上　ほんの三十分前に書き上げたんだ。(と紙の束を差し出して) それで、急いで学校へ行って、先生にコピーしてもらって。

有吉先生　一緒にくっついてきたというわけです。

みずき　（野上の手から紙の束を取って）はい、おじいちゃん。（と差し出す）
松太郎　私にくれるのか？
みずき　私と野上からのプレゼント。飛行機の中で読んで。
松太郎　（表紙を読む）『渚姫の真実』か。なかなかいい題名だな。
トント　松太郎、そろそろ行かないと。
松太郎　野上君、君に一つ頼みがある。みずきと友達になってくれ。この子は父親に似て、とても頑固だが、本当は素直で優しい子なんだ。
みずき　やめてよ、おじいちゃん、恥ずかしい。
松太郎　どうなんだ、野上君。
野上　問題は、大原の気持ちです。俺は前から友達のつもりですから。
松太郎　カッコよすぎるぞ、野上君。（と野上を突き飛ばし、みずきの手からトランクを取って）それじゃ、これでさよならだ。
杉恵　お義父さん、本当に来年も来てくださいね。それから、再来年も。
松太郎　しかし、毎年来たら、迷惑でしょう。
杉恵　そんなことありませんよ。ねえ、あなた？
竹雄　来ていいに決まってるじゃないですか。ここはお父さんの家なんだから。
松太郎　竹雄。
竹雄　それに、お父さんは変わってなかった。十年前と少しも。
松太郎　それじゃ、おまえは信じてくれたのか。私がサンタだと。

竹雄　信じる信じないはともかく、お父さんはみずきにプレゼントをくれました。友達というプレゼントを。

みずき　おじいちゃんはどうしてサンタになったの？

松太郎　私は子供が大好きなんだ。子供の笑顔を見ると、それだけで幸せな気持ちになれるんだ。しかし、私の子供はもう大人になってしまった。だから、他の子供たちを笑顔にしたいと思ったんだ。

♪――M8「サンタクロースになりたかった」

そこへ、渚姫・小波・潮之助・吹雪御前・氷次郎・嵐兵衛がやってくる。みんなが歌う。

みんな　嵐が吹き荒れても　雪が降っても
大きな袋かかえ　僕は行くのさ
小さな胸の奥に　淋しい心
隠した子供たちが　僕を待ってる
サンタクロース　呼んでいる僕の名を
サンタクロース　今行くよ空飛んで
子供の寝顔見るだけで
凍えた体　温まる

また来年と　ささやいて
僕は出ていく　次の家へ

〈幕〉

あとがき

二〇〇六年春のハーフタイムシアターとして上演された『あしたあなたあいたい』、『ミス・ダンデライオン』は、周知の方も多いと思われるが、念のために記すと、原作小説がある。梶尾真治氏の『クロノス・ジョウンターの伝説』（朝日ソノラマ刊）所収の「布川輝良の軌跡」、「鈴谷樹里の軌跡」である。

まずは、この舞台化までの経緯のようなものを記したいと思う。

そもそもは、二〇〇五年冬公演で、同じく『クロノス・ジョウンターの伝説』の第一作目、「吹原和彦の軌跡」を舞台化したことに始まる。が、話はいったん、その年の春にさかのぼる。

二〇〇五年春、熊本県において劇作家大会が開かれ、そこに成井豊と私、隈部が出席することとなった。その折、熊本在住の作家である梶尾先生と初めて顔を合わせ、舞台化についてのお願い、並びに親交を深めるための酒席が設けられた。熊本出身である私は当然梶尾先生のことは知っていたし、その著作も読んでいたが、まさか当人にお会いできるとは、と興奮したのを覚えている。梶尾先生の人となりについては、成井が記した戯曲集『クロノス』のあとがきに詳しいので参照されたい。

そこで出会った梶尾先生の、なんとエネルギッシュなことか！　どんな話題でも、心から楽しそうに語るそのお姿に、心から「この人は凄い！」と感服。初対面であるにも関わらず、とても気さくにお話しいただき、とても楽しく、夢のような時間を過ごさせていただいた。あの感動は、今でもすぐに思い出せる。梶尾先生の著作に度々登場する料理人、そのモデルになった方が作る、美味しい料理の数々の味までも。

その後、ハーフタイムシアターでの私の脚本デビューが決まった。これは、せっかく梶尾先生にお会いしたにも関わらず、その舞台化に関わらないわけにはいかない、という思いがあったためである。そしてその念願は叶った。

また、二〇〇五年の『クロノス』では、脚本助手として執筆ではないが、アイデア出しを担当。原作にはないオリジナル要素の数々を成井と共に考える。その際に出した、「春公演のヒロイン二人を、そのキャラクターで登場させる」というアイデアは、我ながら良かったと思う。これにより、本来原作には出てこないはずの、枢月圭と鈴谷樹里の登場と相成ったわけである。

『クロノス』終了後、本格的にハーフタイムシアターの脚本作業が進行。分担としては、『あしたあなた あいたい』を私が、『ミス・ダンデライオン』を成井が、それぞれプロットを作成し、脚本を書く、という形だった。

ただし、上演形態の問題もあり、『あしたあなたあいたい』には、オリジナルのキャラクター、及び展開が必要となった。そこで、圭の家族や舞台設定などを考えることとなり、私の好きな喫茶店という場所が案出された。また、原作である「布川輝良の軌跡」は、特に布川と圭の二人に重点を置いて描かれた作品であるが、そのままだと二人しか出ないお芝居になってしまう。そこで、現状の説明などをしてくれるキャラクターとして、伊勢崎なる私立探偵を用意した。これは多分に私の趣味が反映されたキャラクターであったため、原作ファンの方々には賛否あるかもしれないという危惧があった。しかし、多くの人が楽しみ、受け入れてくれたようで、一安心している。

それよりも、この作品で特に扱いが難しかったのは、前作『クロノス』のヒロイン、蕗来美子の再登場である。これも、話し合いの過程で、私がポロッと言ってしまった「ヒロインはヒロインとして出る」というアイデアだった。『クロノス』に圭と樹里が出たのであれば、来美子だって他の作品に出てきて良いじゃないか、という発想から生まれたものだった。しかし、時間軸の計算で手間取り、『クロノス』を見ていない人にはわかりにくいのではないか、という懸念ももちろんあり、一筋縄ではいかなかった。にも関わらず、原作ファンを含め、『クロノス』ファンの方々も、来美子の再登場を喜んでくださったことは、とても嬉しかった。また、多くの方が、吹原のその後を気にしているようで、それについての作り手側の統一見解はあるにはあるのだが、ここにそれを記すのはやめておこうと思う。見る側の想像の楽しみは、最大限残しておきたいと思うが故である。ご了承いただきたい。

一方の『ミス・ダンデライオン』は、ほぼ原作通りの展開で、オリジナルの部分があるとはいえ、原作の必要な部分はきっちりと押さえてある。私自身はいくつか構成のチェックを果たしたのみで、こちらはほぼ成井の手による戯曲化である。原作でも涙した鈴谷が正体を明かすシーン、二人の別れのシーンが、より劇的に描かれていて、原作ファンならずとも感動したのではないだろうか。ここだけの話だが、一番多く涙を流していたのは、福岡公演の客席の一番後ろで芝居のチェックをしていた、他でもない成井であろうと思われる。原作と、その原作に心酔した脚本・演出家の思いが、舞台上に形となって現れていたように思う。

梶尾先生と成井は十年以上の年の差があるという。そして成井と私も十年以上の年の差がある。世代を超えても共通する思いがある、と言ってしまうとなんだかありきたりな感じがしないでもないが、各世代に別れた男三人が、この作品を「面白い！」と思い、三者三様の感性を持って作り上げられ、結果、様々な角度から楽しめるものになったのではないかと思う。

話は変わるが、文中で何度か「梶尾先生」と記述しているので、かなり余談になるかとは思うが、その点についても触れておこうと思う。

『クロノス』の戯曲集のあとがきを読んでいただくと分かるのだが、成井が「梶尾先生の押しかけ弟子宣言」をしてしまった。その原稿を成井は嬉しそうに私に見せ、こう言った。「君も一緒に弟子になろうよ！」もちろん否やがあるわけもないが、ちょっと待ってほしい。その前に、成井は私の師匠ではないのか？　この文中では、文章としての形態から「成井」と記述しているが、もちろん普段は「成井さん」と呼んでいるし、そもそも弟子として師匠に接しているつもりである。自分の師匠と共に、別の師匠に対して兄弟弟子になるというのは、私の立場として、果たしていかがなものか？かなり妙な気分である。しかし私も、初めて梶尾先生にお会いした時から、誰にも言わずに、勝手に「心の師匠」にしてしまっていたのだ。二師に仕えても私自身はいっこう困らないが、頭は混乱するばかりである。そして、この作品に脚本・演出として携われたことに、勝手ながら運命的なものまで感じてしまっている。

そこで、この場をお借りして、私も自分の立場を明確化したいと思う。

素晴らしい作品と人柄、それだけでなく、自分も楽しみ、周りも楽しませることに精力を使っていらっしゃる梶尾先生の、不肖の弟子として、今後とも頑張っていきたいと思います。梶尾先生には、勝手に弟子入り宣言してしまい、本当に申し訳ありません。熊本に帰郷した際には、是非お付き合いいただき、ご指導の程、よろしくお願いします。おそらく、梶尾先生の得意とされる「せつない物語」の系統を成井が、「ドタバタコメディ」の系統を私が、それぞれ担当することになると思います。今後とも、よろしくお願いいたします。

二〇〇六年六月現在、私は三十一歳。キャラメルボックスに入団して五年。まだまだお芝居の世界に足を踏み入れて日が浅い私だが、少しずつでもゆっくりでも、尊敬すべき先人たちに負けないように、楽しい作品を作っていきたいと思う。その作品が、多くの方々に楽しんでいただければ、これ以上ない幸いであり、まずは、この戯曲集に収められた作品から、楽しんでほしく思う次第である。

二〇〇六年六月十八日、W杯予選リーグ日本対クロアチア戦に一喜一憂しながら

隈部　雅則

上演記録

『あしたあなたあいたい』

上演期間	2006年3月23日～5月3日
上演場所	福岡メルパルクホール 大阪シアターBRAVA！ 新宿シアターアプル

CAST

布川輝良	大内厚雄
枢月圭	温井摩耶
佳江	坂口理恵
香山／拓美	三浦剛
伊勢崎／住吉	畑中智行
はるな	大木初枝
来美子	岡内美喜子
磯子	渡邉安理
吉本	阿部祐介
野方	西川浩幸

STAGE STAFF

演出	成井豊，隈部雅則
美術	キヤマ晃二，川口夏江
照明	黒尾芳昭
音響	早川毅
振付	川崎悦子
殺陣	佐藤雅樹
照明操作	勝本英志，熊岡右京，穐山友則
スタイリスト	花谷律子
ヘアメイク	武井優子
小道具	高庄優子，酒井詠理佳
大道具	C-COM，㈲拓人
舞台監督助手	桂川裕行，清沢伸也
舞台監督	村岡晋，矢島健

PRODUCE STAFF

製作総指揮	加藤昌史
プロデューサー	仲村和生
宣伝デザイン	ヒネのデザイン事務所＋森成燕三
宣伝写真	タカノリュウダイ，山脇孝志
舞台写真	伊東和則
企画・製作	（株）ネビュラプロジェクト

『ミス・ダンデライオン』

上演期間	2006年3月23日～5月3日
上演場所	福岡メルパルクホール
	大阪シアターBRAVA！
	新宿シアターアプル

CAST

鈴谷樹里	岡田さつき
青木比呂志	岡田達也
吉澤	細見大輔
北田／武子	前田綾
水村／祥子	青山千洋
古谷	阿部丈二
十一歳の樹里	小林千恵
葉山／吉本	小多田直樹
野方	西川浩幸

STAGE STAFF

演出	成井豊，隈部雅則
美術	キヤマ晃二，川口夏江
照明	黒尾芳昭
音響	早川毅
振付	川崎悦子
殺陣	佐藤雅樹
照明操作	勝本英志，熊岡右京，穐山友則
スタイリスト	花谷律子
ヘアメイク	武井優子
小道具	高庄優子，酒井詠理佳
大道具	C-COM，㈲拓人
舞台監督助手	桂川裕行，清沢伸也
舞台監督	村岡晋，矢島健

PRODUCE STAFF

製作総指揮	加藤昌史
プロデューサー	仲村和生
宣伝デザイン	ヒネのデザイン事務所＋森成燕三
宣伝写真	タカノリュウダイ，山脇孝志
舞台写真	伊東和則
企画・製作	（株）ネビュラプロジェクト

『怪傑三太丸』

上演期間	1999年9月2日～23日
上演場所	東京グローブ座 新神戸オリエンタル劇場

CAST

大原松太郎	田尻茂一（アクションクラブ）
トント	石川寛美
みずき	前田綾
竹雄	久松信美（自転車キンクリーツカンパニー）
杉恵	中村恵子
渚姫	岡内美喜子
小波	大森美紀子
潮之助	前田悟（アクションクラブ）
吹雪御前	津田匠子
氷次郎	川原正嗣（アクションクラブ）
嵐兵衛	船橋裕司（アクションクラブ）
野上	大林勝（JAC）
有吉先生	細見大輔

STAGE STAFF

演出	成井豊，石川寛美
演出補	白坂恵都子
音楽	吉良知彦（ZABADAK）
美術	キヤマ晃二
照明	黒尾芳昭
音響	早川毅
振付	川崎悦子
殺陣	田尻茂一（アクションクラブ）
照明操作	熊岡右京，勝本英志，大島久美
スタイリスト	小田切陽子
ヘアメイク指導	馮啓孝
小道具	大畠利恵，藤林美樹，きゃろっとギャング
大道具	C-COM，㈲拓人，オサフネ鉄工所
舞台監督助手	酒井詠理佳
舞台監督	矢島健

PRODUCE STAFF

製作総指揮	加藤昌史
宣伝美術	GEN'S WORKSHOP+加藤タカ
宣伝デザイン	ヒネのデザイン事務所＋森成燕三
宣伝写真	タカノリュウダイ
舞台写真	伊東和則
企画・製作	（株）ネビュラプロジェクト

成井豊（なるい・ゆたか）
1961年、埼玉県飯能市生まれ。早稲田大学第一文学部文芸専攻卒業。1985年、加藤昌史・真柴あずきらと演劇集団キャラメルボックスを創立。現在は、同劇団で脚本・演出を担当するほか、テレビや映画などのシナリオを執筆している。代表作は『ナツヤスミ語辞典』『銀河旋律』『広くてすてきな宇宙じゃないか』など。

隈部雅則（くまべ・まさのり）
1974年生。熊本県出身。日本大学大学院独文学専攻博士後期課程満期退学。2001年、演劇集団キャラメルボックスに演出助手として入団。見習い期間を経て劇団員に。2006年ハーフタイムシアターで脚本家・演出家としてデビュー。2008年退団。

この作品を上演する場合は、必ず、上演を決定する前に下記まで書面で「上演許可願い」を郵送してください。無断の変更などが行われた場合は上演をお断りすることがあります。

〒164-0011　東京都中野区中央5-2-1　第3ナカノビル
株式会社ネビュラプロジェクト内
演劇集団キャラメルボックス　成井豊

CARAMEL LIBRARY Vol. 14
あしたあなたあいたい

2006年7月15日　初版第1刷印刷
2013年4月30日　初版第2刷発行

著者　成井豊・隈部雅則
発行者　森下紀夫
発行所　論創社
東京都千代田区神田神保町2-23　北井ビル
tel. 03（3264）5254　fax. 03（3264）5232
振替口座　00160-1-155266
印刷・製本　中央精版印刷
ISBN4-8460-0623-9

CARAMEL LIBRARY

Vol. 1

俺たちは志士じゃない◉成井豊＋真柴あずき

キャラメルボックス初の本格派時代劇．舞台は幕末の京都．新選組を脱走した二人の男が，ひょんなことから坂本竜馬と中岡慎太郎に間違えられて思わぬ展開に…….『四月になれば彼女は』初演版を併録．　本体2000円

Vol. 2

ケンジ先生◉成井　豊

子供とむかし子供だった大人に贈る，愛と勇気と冒険のファンタジックシアター．中古の教師ロボット・ケンジ先生が巻き起こす，不思議で愉快な夏休み．『ハックルベリーにさよならを』『TWO』を併録．　本体2000円

Vol. 3

キャンドルは燃えているか◉成井　豊

タイムマシン製造に関わったために消された１年間の記憶を取り戻そうと奮闘する男女の姿を，サスペンス仕立てで描くタイムトラベル・ラブストーリー．『ディアーフレンズ，ジェントルハーツ』を併録．　本体2000円

Vol. 4

カレッジ・オブ・ザ・ウィンド◉成井　豊

夏休みの家族旅行の最中に，交通事故で５人の家族を一度に失った短大生ほしみと，ユーレイとなった家族たちが織りなす，胸にしみるゴースト・ファンタジー．『スケッチブック・ボイジャー』を併録．　本体2000円

Vol. 5

また逢おうと竜馬は言った◉成井　豊

気弱な添乗員が，愛読書「竜馬がゆく」から抜け出した竜馬に励まされながら，愛する女性の窮地を救おうと奔走する，全編走りっぱなしの時代劇ファンタジー．『レインディア・エクスプレス』を併録．　本体2000円

CARAMEL LIBRARY

Vol. 11

ヒトミ◉成井豊＋真柴あずき

交通事故で全身麻痺となったピアノ教師のヒトミ．病院が開発した医療装置“ハーネス”のおかげで全快したかのように見えたが…….子連れで離婚した元女優が再び輝き出すまでを描く『マイ・ベル』を併録．　本体2000円

Vol. 12

TRUTH◉成井豊＋真柴あずき

この言葉さえあれば，生きていける――幕末を舞台に時代に翻弄されながらも，その中で痛烈に生きた者たちの姿を切ないまでに描くキャラメルボックス初の悲劇．『MIRAGE』を併録．　本体2000円

Vol. 13

クロノス◉成井 豊

物質を過去へと飛ばす機械，クロノス・ジョウンター．その機械の開発に携わった吹原は自分自身を過去へと飛ばし，事故にあう前の中学時代から好きだった人を助けにいく．『さよならノーチラス号』を併録．　本体2000円